喚醒你的英文語感！

Get a Feel for English !

喚醒你的英文語感！

Get a Feel for English !

HR 112
ABP 100/58

ESSENTIAL MEDICAL ENGLISH
VOCABULARY & GRAMMAR

後中西醫英文
考前衝刺
核心字彙 & 文法句型

編著◎馬希寧

Admit/Discharge　Monitor Setup　Print/Record　ECG　NIBP　Airway Gas

Pt. Data & Trends　Alarms Setup　Take Snapshot　SpO₂　IBP　Others

作者簡介

馬希寧（馬芸）

※ 高點學士後醫英文名師

從事英語教學逾 20 年，深知台灣學生學習英文的難處。受自身語言學背景的影響，強調要解決英文問題，需結合語言學方法才有效；而在授課時採理解式教法，注重文法、詞彙等觀念之引導，為學生奠定紮實的基礎。

本書架構說明

分為三大部分：

PART 1 核心字彙 → 第 1 頁～第 201 頁

PART 2 文法句型 → 第 203 頁～第 297 頁

雲端加值內容 → 包含核心字彙完整音檔及寫作相關補充資源，請至「**貝塔會員網**」下載（刮開書內刮刮卡，掃描 QRcode 登錄使用）

☑ 備考後醫英文，核心單字很重要

　　單字是英文聽說讀寫的基礎，無論準備何種考試，想要衝高英文分數，累積單字量是首要條件。以後醫近幾年考試的命題趨勢看來，英文科在單字題方面的比重越來越高，尤其是後西醫，單字難度深、考題題幹也都偏長，連帶也考驗考生的閱讀能力，而且不僅是單字題，連文法題、克漏字、閱讀理解題部分也有很多直接考單字代換的題目。所以說備考後醫英文，除了平時就必須厚實文法和閱讀能力外，「背好單字的投報率非常高」，真的是一點也不誇張！

　　自 111 學年度起，除原有四所醫學院外，又新增清華、中興、中山三校招生，因應各校命題需求，單字量勢必會再進一步擴大。本書考量同學之備考需求，自後醫歷屆試題及 111 學年七校之最新試題中，精選後醫考生無論英文程度如何，都應該要反覆記背的專業領域核心字彙及大專程

度英文單字，它們若不是醫學專業領域中的常用基本字，便是擁有學士學位的高級知識分子應掌握的高級英文單字，因而最適合、也最可能用在醫學院的入學考試中。若能確實熟習這些單字，相信能讓英文不再成為人生進階的絆腳石。另外，本書輔以相關考古題，考生可藉由考古題印證並熟悉各校命題的方向及掌握試題難易度。

　　當然，除了熟記本書彙整的必考核心字彙，還須運用有效的方法逐步累積單字量，才能更加厚實自己的英文應試實力。

☑ 如何增進單字力

　　從事英文教學逾 20 年，深深地感受到語言學習的不易，其不易可歸因於語言乃具實用特性的工具，而非一般學生眼中的「考試科目」而已，所以應該針對其特性採用適當的學習方法，切勿用其他科目的學習方法去應付英文。

　　讀者開始學習這本書的單字前，應先具備正確的學習觀念是：

你不可能過目不忘，一目十行；英文在台灣的大環境裡，無法經常有機會使用，所以忘記曾經背過的單字是正常現象，不值得因此捶胸頓足，怨天尤人。

有了這樣的觀念，我在此奉勸各位有心背英文單字的同學，要拿出最大的恆心來面對英文單字。要征服它們並不需要智商180的腦袋，事實上即使你智商180，如果用錯方法，照樣背不起來。語言學習不需要高智商，但是需要「好習慣」，而所謂的「習慣」必須經過「長時間的刻意」才培養得起來，是「常常或每天都要做的事」，所以我在學生時代，幾乎每天都背英文單字，日積月累的效果非常顯著，這種蠶食的方式最可貴之處是日後不容易忘記單字，這對考生而言非常重要！

首先，各位別急著開始猛背單字，應該先聽聽它的發音，並開口練習，不要在心中默念（學習效果會比較差）。我通常單字都會先聽5~6遍，等都會念而且也說得出單字的詞性及意義後，才正式開始背單字。我發現：當我會念單字時，差不多也拼寫得出這個單字了！最後若書中附有例

句，我就會去研究一下例句，嘗試了解這個單字的用法。許多同學打開單字書就開始背單字，其實這種方法效率不高，而且那完全是「死背」，所以容易忘。語言是以聲音傳達意義的溝通工具，建議學習者應先從聲音下手才會事半功倍！而且這種學習方法有個附帶的好處：英語聽力與口說能力也會提升。所以我在此由衷地奉勸各位同學修正學習方法。

至於每天要花多少時間才夠？這個問題很難回答。我自己過去的經驗是每天固定花 40 分鐘快速背誦英文單字，大約三個月後就能看到明顯的進步。我的許多同學花一、兩個鐘頭背單字，效果遠不如我，因為他們讀得很慢、只是死記，背完不久就忘了。我發現自己需要複習約第四遍時，才能真正記住一個英文單字，因此，我必須花較多的時間在複習單字上，在那 40 分鐘裡，我多半是在複習舊單字，每天新增約 20 個新單字而已。**因為「反覆複習」才是英文單字記得住的關鍵。**

以上是我個人使用單字書背英文單字的方式及心得，希望對各位同學多少有點幫助。

☑ 近年命題趨勢分析

可能是受疫情影響、又或者是醫學院教師們希望學生能提前擁有醫學相關的專業知識，各校考題的內容都越來越偏向醫學、健康、營養……等領域，造成這些領域中的專業單字出現比例提升許多。因此考生的英文單字準備方向也應該有所調整，除了一般大專程度以上高級英文單字外，醫學相關的單字也應重視。

☑ 文法：閱讀力的基石

在台灣，自 108 課綱上路以來，各科命題都以「素養」(competences) 為導向，何謂「素養」？將書中的知識轉化為處理現實問題的能力即為「素養」。那麼，英文科試題會變成什麼樣子呢？英語是溝通工具，而理解是溝通的前提，因此英文科的出題方向應是測驗考生的英文理解能力。於是，我們看到英文試題之題幹明顯比過去長，變長的句子意味著每句都是複雜句，不再是一眼就能看懂或猜得出來的簡單句。每句都加長，段落就加長，各段落都加長，文章篇幅就增加了。由此我們可以預見：提升英文閱讀理解能力是應

考的重中之重。

　　而文法既然是一個語言造句所依據的規則，也就能用來破解、正確理解句意，所以學習文法對提升理解力是十分重要的。若考生的文法差，他對於每句的理解力就會降低，進一步就是降低各段落的理解程度，甚至覺得整篇文章不知所云，最後只能用猜的碰碰運氣了。因此，在此奉勸各位考生不要排斥學習文法，如果你各科都準備得不錯卻只差英文一科，不覺得可惜嗎？

　　本書也精選了許多重要的英文句型及文法觀念，並輔以考古題配合學習，希望能助各位一臂之力。對於文法基礎不錯的考生，它是一本非常適切的重點複習口袋書；對於文法差的考生，它會有效填補文法觀念的不足，在應考時不至於盲目猜答案。

　　最後，祝福所有考生心想事成。

馬芸 老師

PART 1

核心字彙.

📖 **Contents** 目錄

使用符號說明：

例 精選例句幫助單字學習和記憶。

考 該單字於歷屆後醫考試中出現之實際考題。

本書精選字彙除了是後醫考試高頻字，在其他國際英語檢測中亦相當重要。標示如下：

G GRE   **T** TOEFL   **I** IELTS

🎧 **MP3** 收錄核心字彙單字及例句，考題部分則將正確答案帶入句子中，即使不看書也能隨時聽學，幫助記憶。完整音檔請至貝**塔會員網**下載（刮開書內刮刮卡序號，掃描 QRcode 登錄使用）。

📄 Preview 字彙總覽

☐ **abduct** 綁架；誘拐
☐ **abduction** 綁架；誘拐
☐ **abide** 居住；遵守
☐ **abidance** 居住；遵守
☐ **abiding** 永久的；不變的
☐ **absolve** 免除；赦免（責任、義務等）
☐ **absolution**（義務等的）免除；赦免
☐ **abstain** 戒絕；節制；棄權
☐ **abstention** 戒絕；節制
☐ **abstentious** 禁慾的
☐ **accelerate** 促進；加速
☐ **acceleration** 促進；加速
☐ **acclaim** 向⋯⋯歡呼；稱讚
☐ **acupuncture** 對⋯⋯針灸／針灸
☐ **acupuncturist** 針灸醫師
☐ **adage** 諺語；格言
☐ **adhere** 依附；堅持；遵守（與 to 搭配）
☐ **adherence** 依附；堅持；遵守
☐ **adherent** 依附的；堅持的

- [ ] **adjacent** 鄰接的
- [ ] **adversity** 逆境；災禍
- [ ] **advert** 注意；談到
- [ ] **advertent** 注意的；留意的
- [ ] **advertence** 注意；留意
- [ ] **aesthetic** 美學的；審美的
- [ ] **aesthetics** 美學
- [ ] **affluent** 富裕的；充足的
- [ ] **aggravate** 使……惡化；加劇
- [ ] **aggravation** 惡化；加劇
- [ ] **agony** 極度痛苦；苦惱
- [ ] **agonize** 使……極度痛苦
- [ ] **ajar** 半開的；不協調地
- [ ] **akin** 同類的；近似的
- [ ] **alleviate** 減輕；緩解
- [ ] **alleviative** 減輕；緩解
- [ ] **alleviation** 減輕；緩解；鎮痛物
- [ ] **allude** 暗示；間接提到
- [ ] **allusion** 暗示；間接提到
- [ ] **alter** 改變；切除
- [ ] **alternate** 輪流的；交替的
- [ ] **alternative** 可選擇的／選項

- ☐ **amalgam** 汞合金;混合物
- ☐ **amass** 積聚;堆積
- ☐ **amassment** 積聚;堆積
- ☐ **ambivalence** 矛盾心理(或情緒、態度等);舉棋不定
- ☐ **ambivalent**(對同一人或事物)有矛盾情緒的
- ☐ **amity** 和善;親切
- ☐ **amiable** 和藹可親的
- ☐ **amnesty** 赦免
- ☐ **amorphous** 無固定形狀的;亂七八糟的
- ☐ **ample** 大量的;充裕的
- ☐ **amplify** 放大(聲音等);增強
- ☐ **amplification** 擴大
- ☐ **amplifier** 擴音器;擴大器
- ☐ **amputate**【醫】切斷;鋸掉;截(肢)
- ☐ **amputation**【醫】截肢(術);切斷;切除
- ☐ **analogy** 類比;相似
- ☐ **analogical** 類似的;相似的
- ☐ **anesthetic** 麻醉的/麻醉劑
- ☐ **anguish** 痛苦/使……痛苦
- ☐ **animate** 使……有生命;驅動;激勵
- ☐ **animation** 活潑;生氣;動畫
- ☐ **annihilate** 毀滅;徹底擊潰

□ **annihilation** 殲滅；消滅；毀滅

□ **anonymity** 作者不詳；匿名

□ **anonymous** 作者不詳的；匿名的

□ **anosmia**【醫】嗅覺喪失症

□ **anthropology** 人類學

□ **anthropologist** 人類學家

□ **antibody**【生】抗體

□ **apathy** 無感情；冷淡；漠不關心

□ **aphasia**【醫】失語症

□ **aphasiac** 失語症患者

□ **appease** 平息；緩和；撫慰

□ **appeasement** 平息；緩和

□ **appendage** 附屬物；附加物

□ **appraisal** 評價；估量

□ **appraise** 估計；評價

□ **apprehend** 逮捕；理解；擔憂

□ **apprehension** 逮捕；理解；擔憂

□ **apprehensive** 憂慮的；敏悟的；知曉的

□ **apt** 有……傾向的；恰當的

□ **aptitude** 才能；傾向

□ **arbitrary** 隨心所欲的；武斷的

□ **archive** 檔案館；資料庫

□ **archivist** 檔案保管人
□ **arduous** 艱鉅的;費力的
□ **assimilate** 被吸收;被消化;被同化
□ **assimilation**(食物等的)吸收;同化
□ **assort** 把……分類
□ **assortment** 分類
□ **attest** 證實
□ **augment** 放大;加強;增加
□ **augmentation** 放大;加強;增加
□ **authentic** 可靠的;真實的
□ **authenticity** 可信賴性;確實(性)
□ **autocratic** 獨裁的;專制的
□ **autocracy** 獨裁政治

🎧 MP3 01

1 **abduct** [æb`dʌkt] *v.* 綁架;誘拐 **Ⓖ**
abduction [æb`dʌkʃən] *n.* 綁架;誘拐

例 The recent **abduction** of his son made him consider moving to the foreign country.
他兒子最近被綁架的事件使他考慮移民國外。

2 **abide** [ə`baɪd] *v.* 居住;遵守（與 by 連用）**Ⓖ Ⓣ**
abidance [ə`baɪdn̩s] *n.* 居住;遵守
abiding [ə`baɪdɪŋ] *adj.* 永久的;不變的 **Ⓣ**
*abide 的動詞現在分詞、動名詞

例 He **abides** with his friend. 他與朋友同住。
He **abides** by his friend. 他忠於朋友。
The Wangs have no longer **abidance** here.
王家已不住在這裡了。
How can we have **abiding** friendship?
我們如何才能擁有歷久不渝的友情？

3 **absolve** [əb`sɑlv] *v.* 免除;赦免（責任、義務等）**Ⓣ**
*[+ from/of]
absolution [ˌæbsə`luʃən] *n.*（義務等的）免除;赦免 **Ⓖ**

例 The priest **absolved** him from all sins.
教士赦免他所有的罪。

考 She suffered eight years for no fault of her own, being falsely accused of theft. Last month, the

District Court finally _____ her of all the charges, thus relieving her and her family of a big load which they had carried for eight years. 【高醫】

(A) assailed　(B) demoralized　(C) tainted

(D) absolved　(E) resolved

答案：D

---

4 **abstain** [əb`sten] v. 戒絕；節制；棄權 ❻

　abstention [æb`stɛnʃən] n. 戒絕；節制

　abstentious [æb`stɛnʃəs] adj. 禁慾的

考 **Abstention** from smoking and drinking alcohol is conducive to a healthy body. 【109 高醫】

(A) Dissidence　(B) Obstinacy

(C) Forbearance　(D) Presentiment

(E) Rigidity

答案：C

---

5 **accelerate** [æk`sɛlə,ret] v. 促進；加速 ❻ ❶ ❶

　acceleration [æk,sɛlə`reʃən] n. 促進；加速

考 Environmental factors can **accelerate** the development of certain cancers. 【110 高醫】

(A) warrant　(B) quicken　(C) precede

(D) obscure　(E) complicate

答案：B

🎧 MP3 02

---

6 **acclaim** [ə`klem] v. 向……歡呼；稱讚 ❻ ❶ ❶

考 This program was highly _____ and won the best TV show in 1995. 【109 高醫】

(A) acclaimed　(B) disclaimed　(C) claimed
(D) proclaimed　(E) reclaimed
答案：A

---

⑦ **acupuncture** [ˋækjuˏpʌŋktʃə] v. 對……針灸　n. 針灸
　acupuncturist [ˏækjuˋpʌŋktʃərɪst] n. 針灸醫師

考 Traditional Chinese medicine includes herbal
medicine, _____, massage, exercise, and dietary
therapy. 【義守】
(A) identification　　(B) clinic evidence
(C) pathology　　　(D) acupuncture
答案：D

---

⑧ **adage** [ˋædɪdʒ] n. 諺語；格言 ⑥

考 Please forgive me, my sweetheart. Remember the
_____. "To err is human; to forgive, divine." 【高醫】
(A) verbiage　　(B) hostage
(C) adage　　　(D) advantage
答案：C

---

⑨ **adhere** [ədˋhɪr] v. 依附；堅持；遵守（與 to 搭配）
　adherence [ədˋhɪrəns] n. 依附；堅持；遵守
　adherent [ədˋhɪrənt] adj. 依附的；堅持的 ⑥ ⑦

---

⑩ **adjacent** [əˋdʒesənt] adj. 鄰接的 ⑥ ⑦ ①

考 I don't have a long walk between classes because
the engineering building is **adjacent to** the
chemistry labs. 【高醫】

(A) lies above   (B) lies beneath
(C) lies next to   (D) lies away from
(E) lies between
答案：C

考 They lived in an apartment building _____ to the MRT station. 【義守】
(A) adjunct   (B) abreast
(C) adjacent   (D) obscured
答案：C

🎧 MP3 03

11 **adversity** [ədˋvɜsətɪ] *n.* 逆境；災禍 **G** **T**

12 **advert** [ədˋvɜt] *v.* 注意；談到
advertent [ədˋvɜtənt] *adj.* 注意的；留意的
advertence [ədˋvɜtəns] *n.* 注意；留意

考 Benson always fears that by **inadvertence** he would answer the question in the wrong place.
【111 高醫】
(A) overlap   (B) overpressure   (C) overture
(D) oversight   (E) overhaul
答案：D

13 **aesthetic** [ɛsˋθɛtɪk] *adj.* 美學的；審美的 **T** **O**
aesthetics [ɛsˋθɛtɪks] *n.* 美學

例 The professor advanced a new **aesthetic** theory.
教授提出新的美學理論。

11

[14] **affluent** [ˈæfluənt] *adj.* 富裕的；充足的 🅣

[15] **aggravate** [ˈægrə‚vet] *v.* 使……惡化；加劇 🅖 🅣 🅘
aggravation [‚ægrəˈveʃən] *n.* 惡化；加劇

考 When our country was battling to overcome this
disaster, an outbreak of cholera further _____
an already grim situation. 【109 高醫】
(A) arraigned　　(B) aggravated　　(C) arrogated
(D) abrogated　　(E) assassinated
答案：B

🎧 MP3 04

[16] **agony** [ˈægənɪ] *n.* 極度痛苦；苦惱 🅖 🅘
agonize [ˈægə‚naɪz] *v.* 使……極度痛苦 🅣

例 She **agonized** herself **with** the thought of her loss.
她因為損失而感到苦惱。

[17] **ajar** [əˈdʒɑr] *adv.* 半開的；不協調地

考 In my rush to school, I left my door **ajar**. 【中國醫】
(A) slightly damaged　　(B) partially opened
(C) completely closed　　(D) wide open
答案：B

[18] **akin** [əˈkɪn] *adj.* 同類的；近似的 🅣

考 President Chen Shui Bian's position in Taiwan is
akin to that of a ship captain. 【中國醫】
(A) far from　　　　　(B) like
(C) the same as　　　(D) opposed to
答案：B

19 **alleviate** [ə`livɪ,et] v. 減輕；緩解 **G T I**
alleviative [ə`livɪ,etɪv] adj. 減輕；緩解
alleviation [ə,livɪ`eʃən] n. 減輕；緩解；鎮痛物

考 For decades, as you probably know, researchers have found that when you tell patients that you're giving them medicine, many report that their symptoms are _____, even if they're only taking sugar pills.【111 慈濟】
(A) intoxicated　　(B) conglomerated
(C) alleviated　　　(D) equivocated
答案：C

20 **allude** [ə`lud] v. 暗示；間接提到 **G T**
allusion [ə`luʒən] n. 暗示；間接提到 **G**

例 You mustn't **allude** to his divorce when you see him.
見到他時你不要提到他離婚的事。

🎧 MP3 05

21 **alter** [`ɔltɚ] v. 改變；切除 **T I**
alternate [`ɔltɚnɪt] adj. 輪流的；交替的 **T I**
alternative [ɔl`tɜnətɪv] adj. 可選擇的 n. 選項 **I**

考 In Sweden many wives and husbands stay at home _____ to look after their children.【111 義守】
(A) allegedly　　　(B) alteratively
(C) almightily　　　(D) alternately
答案：D

22 **amalgam** [əˋmælgəm] *n.* 【化】汞合金；混合物 ⓖ

考 Investigating closely into a number of contemporary literary theories reveals that some of them are simply a(n) **amalgam** of earlier premises.
【高醫】

(A) culmination　　(B) rejoinder　　(C) mixture
(D) reiteration　　(E) resurgence
答案：C

23 **amass** [əˋmæs] *v.* 積聚；堆積 ⓖ ⓣ
amassment [əˋmæsmənt] *n.* 積聚；堆積

考 By the time he was 21 years old, he had already _____ a great fortune.【中國醫】

(A) deplored　　(B) repaired　　(C) amassed
(D) neutralized　　(E) donned
答案：C

24 **ambivalence** [æmˋbɪvələns] *n.* 【心】矛盾心理（或情緒、態度等）；舉棋不定 ⓖ ⓣ
ambivalent [æmˋbɪvələnt] *adj.* 【心】（對同一人或事物）有矛盾情緒的 ⓖ ⓣ

考 The boy was experiencing _____ about giving his speech, wanting to give it and yet dreading it.
【高醫】

(A) fear　　(B) ambiguity　　(C) irritation
(D) ambivalence　　(E) a feat
答案：D

14

25 **amity** [`æmətɪ] *n.* 和善；親切 **T**
amiable [`emɪəbl] *adj.* 和藹可親的 **G T**

例 He lives in **amity** with his neighbors.
他和鄰居和睦地相處。
You should settle your dispute in an **amiable** way.
你應該用和睦的方式解決你的紛爭。

🎧 MP3 06

26 **amnesty** [`æm͵nɛstɪ] *v.* 赦免 *n.* 赦免 **G**

考 "_____ for all" is generally the policy adopted by
some regimes to contain rebellion. 【高醫】
(A) Amnesty　　(B) Tenure　　(C) Temerity
(D) Alternative　(E) Punctuation
答案：A

27 **amorphous** [ə`mɔrfəs] *adj.*
無固定形狀的；亂七八糟的 **G T**

例 The department I am working for is a large but
amorphous one.
我所工作的部門是個大而亂的部門。

28 **ample** [`æmpl] *adj.* 大量的；充裕的 **G T I**
amplify [`æmplə͵faɪ] *v.* 放大 (聲音等)；增強 **G T I**
amplification [͵æmpləfə`keʃən] *n.* 擴大
amplifier [`æmplə͵faɪr] *n.* 擴音器；擴大器

29 **amputate** [`æmpjə,tet] v. 【醫】切斷；鋸掉；截（肢）**Ⓖ**
   amputation [,æmpjə`teʃən] n. 【醫】截肢（術）；切斷；
   切除

   考 While doctors had perfected the art of _____
   – the surgical removal, they didn't yet understand
   why people didn't just go back to their normal
   lives. It would be another hundred years before
   doctors appreciated and began treating the
   psychological effects of losing a limb. 【109 義守】
   (A) percutaneous coronary interventions
   (B) vaccination   (C) acupuncture   (D)amputation
   答案：D

30 **analogy** [ə`nælədʒɪ] n. 類比；相似 **Ⓖ Ⓘ**
   analogical [,æn]`adʒɪk]] adj. 類似的；相似的

   考 Biologists offer this _____ as an explanation: if
   the genome is the hardware, then the epigenome
   is the software. 【高醫】
   (A) intuition   (B) analogy   (C) anticipation
   (D) appearance   (E) propensity
   答案：B

🎧 MP3 07

31 **anesthetic** [,ænəs`θεtɪk] adj. 麻醉的 n. 麻醉劑 **Ⓖ**

   考 A general _____ puts you into a deep sleep so
   that none of your senses is taking in information.
   【111 中山】

(A) arthritis　(B) angina　(C) asthma
(D) anesthetic　(E) antidote
答案：D

---

32 anguish [ˋæŋgwɪʃ] *n.* 痛苦　*v.* 使……痛苦 🄖 🄣

例 She was in **anguish** over her failure.
她因為失敗而痛苦。

---

33 animate [ˋænəˏmet] *v.* 使……有生命；驅動；激勵 🄣
animation [ˏænəˋmeʃən] *n.* 活潑；生氣；動畫 🄖
反義 **inanimate** [ɪnˋænəmɪt] *adj.* 無生命的；單調的

考 Plants are usually mistaken for _____ objects but in fact they have life of their own.【高醫】
(A) uncivilized　(B) inanimate　(C) miscellaneous
(D) perennial　(E) lasting
答案：B

---

34 annihilate [əˋnaɪəˏlet] *v.* 毀滅；徹底擊潰 🄖 🄣 🄘
annihilation [əˏnaɪəˋleʃən] *n.* 殲滅；消滅；毀滅

考 The simple answer is that history shows mankind toyed with the idea of using biological agents for the **annihilation** of a vast number of people.
【109 高醫】
(A) enchantment　(B) equilibrium
(C) enticement　(D) eradication
(E) evacuation
答案：D

35 **anonymity** [ˌænəˈnɪmətɪ] *n.* 作者不詳；匿名 **G**

anonymous [əˈnɑnəməs] *adj.*

作者不詳的；匿名的 **G T I**

考 The generous benefactor wished to remain _____, so no one knew who made the donation.【慈濟】

(A) anonymous   (B) unique

(C) optimistic   (D) elegant

答案：A

🎧 MP3 08

36 **anosmia** [ænˈɑsmɪə] *n.*【醫】嗅覺喪失症

考 Loss of your sense of smell is _____.【110 義守】

(A) anemia   (B) anosmia

(C) diagnosis   (D) insomnia

答案：B

37 **anthropology** [ˌænθrəˈpɑlədʒɪ] *n.* 人類學 **G I**

anthropologist [ˌænθrəˈpɑlədʒɪst] *n.* 人類學家

38 **antibody** [ˈæntɪˌbɑdɪ] *n.*【生】抗體 **G**

考 In order for the body to produce a safe _____ response, it is important to control the amount of antigens in the vaccines.【111 中興】

(A) antibody   (B) antidote   (C) antipathy

(D) anticlimax   (E) antithesis

答案：A

39 **apathy** [ˈæpəθɪ] *n.* 無感情；冷淡；漠不關心 **G T**

例 Political **apathy** was running high in the society.
社會上普遍對政治冷漠。

---

40 **aphasia** [ə`fezɪə] n.【醫】失語症 **G**
aphasiac [ə`fezɪ͵æk] n. 失語症患者

例 **Aphasia** is usually caused by severe brain damage.
失語症通常是嚴重的腦部傷害所導致。

考 Kevin will step away from his acting career after
being diagnosed with _____, a condition that
impedes a person's ability to speak and write.
【111 中山】

(A) insomnia (B) hyposmia (C) parosmia
(D) aphasia (E) myopia
答案：D

🎧 MP3 09

41 **appease** [ə`piz] v. 平息；緩和；撫慰 **G** **T**
(= **satisfy** 使滿足)
appeasement [ə`pizmənt] n. 平息；緩和 **G**

例 Her smile **appeased** the manager's anger.
她的微笑平息了經理的怒氣。

---

42 **appendage** [ə`pɛndɪdʒ] n. 附屬物；附加物 **G** **T**

考 Female war correspondents are often mistakenly
portrayed as frivolous, slightly hysterical, and
sexually promiscuous _____ in pop culture.
【109 中國醫】

(A) holographs   (B) grenades   (C) stacks

(D) itineraries   (E) appendages

答案：E

---

43 **appraisal** [əˋprezḷ] *n.* 評價；估量 ➊

appraise [əˋprez] *v.* 估計；評價 ➋

考 I have avoided personal **evaluation**, preferring to let the method speak for itself and allow readers to make their own.【高醫】

(A) praise   (B) appraisal

(C) prizes   (D) approximation

答案：B

---

44 **apprehend** [͵æprɪˋhɛnd] *v.* 逮捕；理解；擔憂 ➌ ➋

apprehension [͵æprɪˋhɛnʃən] *n.*

逮捕；理解；擔憂 ➌ ➋ ➊

apprehensive [͵æprɪˋhɛnsɪv] *adj.*

憂慮的；敏悟的；知曉的 ➌ ➋

例 She is an **apprehensive** girl.

她是個善解人意的女孩

考 Language learners must first have an _____ of some particular language forms before any subsequent processing or intake of the forms can take place.【110 中國醫】

(A) artefact   (B) originality

(C) identity   (D) apprehension

答案：D

考 Mr. Johnson felt some **apprehension** about hiring Helen because she had little experience in sales. 【高醫】

(A) destination　(B) neutrality　(C) comprehension
(D) despair　　　(E) misgivings
答案：E

---

45 **apt** [æpt] *adj.* 有……傾向的；恰當的 (= fit) ❶ ❶
aptitude [`æptə,tjud] *n.* 才能；傾向 ❶ ❶

例 Edison had a great **aptitude** for inventing new things.
愛迪生對發明新東西有很高的才能。

考 He's a nice man but he's _____ to drink too much at parties. 【111 中山】

(A) adequate　(B) apt　　　(C) common
(D) probable　(E) suitable
答案：B

考 Proverbs are the popular sayings that brighten so much Latin American talk, the boiled-down wisdom that you are as _____ hear from professors as from peasants. 【高醫】

(A) accessible to　(B) admitted to　(C) advisable to
(D) apt to　　　　(E) available for
答案：D

🎧 MP3 10

---

46 **arbitrary** [`ɑrbə,trɛrɪ] *adj.* 隨心所欲的；武斷的 ❻ ❶ ❶

考 I was unaware of the critical points involved, so my choice was quite _____. 【高醫】

21

(A) arbitrary   (B) rational   (C) mechanical
(D) unpredictable   (E) sensible
答案：A

47 **archive** [ˋɑrkaɪv] *n.* 檔案館；資料庫 ⒼⓉ❶
archivist [ˋɑrkəvɪst] *n.* 檔案保管人

48 **arduous** [ˋɑrdʒʊəs] *adj.* 艱鉅的；費力的 ⒼⓉ❶

考 The refugees made an _____ journey through
the mountains, crossed the border, and then
advanced into the neighboring country. 【中國醫】
(A) arbitrary   (B) intelligible   (C) endemic
(D) intimate   (E) arduous
答案：E

49 **assimilate** [əˋsɪmḷˌet] *v.* 被吸收；被消化；被同化 ⒼⓉ❶
assimilation [əˌsɪmḷˋeʃən] *n.* (食物等的) 吸收；同化

50 **assort** [əˋsɔrt] *v.* 把……分類
assortment [əˋsɔrtmənt] *n.* 分類

例 Postal matter will be **assorted** before delivery.
郵件在被遞送之前會先分類。

🎧 MP3 11

51 **attest** [əˋtɛst] *v.* 證實 (+ to) Ⓖ Ⓣ

考 Originally intended to discredit the common belief
that internet addiction impairs a person's ability to
interpret the world and to interact with others,
Joey's experiment nevertheless seems to _____

the assumption.【高醫】

(A) attest to　　　(B) opposite to　(C) exchange for

(D) testimony to　(E) substitute for

答案：A

---

52 **augment** [ɔgˋmɛnt] v. 放大；加強；增加 ⓖ ⓣ ❶
augmentation [ˌɔgmɛnˋteʃən] n. 放大；加強；增加 ⓖ

考 This medical research explored the significance of carotid **augmentation** index detected by e-tracking technique.【109 慈濟】

(A) distillation　　　(B) expansion

(C) regression　　　(D) verification

答案：B

---

53 **authentic** [ɔˋθɛntɪk] adj. 可靠的；真實的 ⓖ ⓣ ❶
authenticity [ˌɔθɛnˋtɪsətɪ] n. 可信賴性；確實（性）

例 No expert has ever doubted the **authenticity** of this document.

沒有專家曾質疑過這份文件的真實性。

---

54 **autocratic** [ˌɔtəˋkrætɪk] adj. 獨裁的；專制的
autocracy [ɔˋtɑkrəsɪ] n. 獨裁政治 ⓖ

考 At the eye of the political storm is the prime minister whose **despotic** governance is undermining Turkish democracy and stripping away freedoms.【中國醫】

(A) republican　(B) autocratic　(C) suspicious

(D) bilateral　　(E) discrete

答案：B

B

📄 Preview 字彙總覽

□ **botanical** 植物學的;植物的
□ **botanist** 植物學家
□ **bounty** 慷慨;豐富;補助金;賞金
□ **bountiful** 大方的;豐富的
□ **breach** 破壞;侵害;中止;絕交
□ **bristle**(動物的)短而硬的毛;(植物的)刺毛／發怒;豎起硬毛
□ **buzzword** 行話

🎧 MP3 12

1 **band** [bænd] *n.* 帶；環；隊；夥 Ⓖ

bandage [ˋbændɪdʒ] *n.* 繃帶 Ⓣ Ⓘ

例 She wore a **band** of ribbon around her head.
她頭上束了一條緞帶。

She was wearing a **bandage** round her head.
她頭上包著繃帶

考 The nurse helped the doctor put a _____ on the
patient's foot. 【義守】

(A) district   (B) immunity

(C) bandage   (D) banner

答案：C

2 **banish** [ˋbænɪʃ] *v.* 放逐；流放 Ⓖ Ⓣ Ⓘ

banishment [ˋbænɪʃmənt] *n.* 放逐；流放

例 He was **banished from** the country.
他被驅逐出國。

3 **beguile** [bɪˋgaɪl] *v.* 誆騙；使陶醉 (+ into) Ⓖ

例 He **beguiles** me **into** lending him money.
他騙我借錢給他。

4 **behold** [bɪˋhold] *v.* 看；注視 (beheld / beheld) Ⓖ Ⓣ

例 They ran to the window just in time to **behold** him
descend from the carriage.
他們跑到窗邊正好即時看到他從馬車上下來。

5 **benefit** [`bɛnəfɪt] *v.* 有益於 *n.* 利益 **T** **I**
beneficial [ˌbɛnəˋfɪʃəl] *adj.* 有益的 **G** **I**
beneficiary [ˌbɛnəˋfɪʃɪrɪ] *n.* 受益人；受惠者 **G**
beneficence [bɪˋnɛfəsns] *n.* 善行；善舉

考 The **benevolence** of the entrepreneurs was shown by their generous contributions to charity. 【109 高醫】
(A) betrothal   (B) beneficence
(C) belligerence   (D) bereavement
(E) beneficiary
答案：B

🎧 MP3 13

6 **benevolent** [bəˋnɛvələnt] *adj.* 慈善的；厚道的 **G** **T**
benevolence [bəˋnɛvələns] *n.* 善行；仁慈 **G** **T**

7 **benignant** [bɪˋnɪgnənt] *adj.* 良性的；仁慈的
benign [bɪˋnaɪn] *adj.* 良性的；仁慈的 **G** **T**

考 Most breast changes are _____, or non-cancerous. 【111 中山】
(A) worse   (B) adverse   (C) harmful
(D) benign   (E) ambivalent
答案：D

8 **biopsy** [`baɪɑpsɪ] *adj.* （活組織）切片檢查法

考 A _____ involves removing a sample of tissue or tumor from the body and examining it under a microscope for cancer cells. 【111 中山】

(A) biopsy   (B) hygiene   (C) necropsy

(D) autopsy   (E) hypocrisy

答案：A

---

⑨ **bizarre** [bɪˋzɑr] *adj.* 奇異的；異乎尋常的 ❻ ❶ ❶

   考 An ice cream shop in Taiwan has the most **bizarre** flavors—bitter gourd（苦瓜）and pork jerky（豬肉乾）among others.【高醫】

(A) ethnic   (B) original   (C) successive

(D) peculiar   (E) natural

答案：D

---

⑩ **bolster** [ˋbolstɚ] *v.* 支撐；援助 ❻ ❶

   考 She tried to _____ my confidence by telling me that I had a special talent.【110 高醫】

(A) validate   (B) sanction   (C) garnish

(D) expedite   (E) bolster

答案：E

🎧 MP3 14

⑪ **botany** [ˋbɑtənɪ] *n.* 植物學 ❻ ❶
botanical [boˋtænɪkl] *adj.* 植物學的；植物的 ❻
botanist [ˋbɑtənɪst] *n.* 植物學家

   例 We should spend some time on the **botany** of grasses.

我們應該花些時間在草類的植物學上。

12 **bounty** [ˋbaʊntɪ] *n.* 慷慨；豐富；補助金；賞金 **❶ ❶**
bountiful [ˋbaʊntəfəl] *adj.* 大方的；豐富的

例 He is famous for his **bounty** to the poor.
他以對窮人慷慨而聞名。

13 **breach** [britʃ] *n./v.* 破壞；侵害；中止；絕交 **❻ ❶ ❶**

考 Failing to thank people properly for gifts is a(n)
_____ of etiquette.【高醫】
(A) avoidance　　(B) cause　　　(C) evidence
(D) manner　　　(E) breach
答案：E

14 **bristle** [ˋbrɪsl] *n.* （動物的）短而硬的毛；（植物的）刺
毛 *v.* 發怒；豎起硬毛

考 The teacher _____ at the suggestion that she
had in any way neglected the students.【慈濟】
(A) beheld　　　(B) bristled
(C) assailed　　 (D) disclaimed
答案：B

15 **buzzword** [ˋbʌzwɝd] *n.* 行話

考 Cloud computing has been a popular _____ for
the past few years, yet to many it remains a fuzzy
concept.【高醫】
(A) activity　　　(B) buzzword　　(C) fantasy
(D) pastime　　　(E) runway
答案：B

Preview 字彙總覽

☐ **callous** 長老繭的；沒感覺的；麻木不仁的
☐ **camouflage** 偽裝
☐ **capacity** 容量；性能；能力
☐ **capacious** 廣闊的；容量大的
☐ **caprice** 反覆無常；多變
☐ **capricious** 反覆無常的；多變的
☐ **carnivore** 食肉的
☐ **catalysis** 催化作用；刺激
☐ **catalyst** 催化劑
☐ **caustic** 腐蝕性的；苛性的；刻薄的
☐ **charlatan** 裝懂的人；江湖醫師
☐ **coerce** 強制；迫使
☐ **coercion** 高壓政治；強制；強迫
☐ **cognize** 認知
☐ **cognitive** 認知的
☐ **cognition** 認知；知識
☐ **cognizant** 已認知的；注意到的
☐ **coherent** 一致的；協調的
☐ **coherence** 黏著；凝聚；統一；連貫性

- [ ] **collaborate** 合作；合力
- [ ] **collaboration** 合作；合力
- [ ] **collaborative** 合作的
- [ ] **colloquial** 口語的；會話的
- [ ] **colossal** 巨大的；少有的；驚人的
- [ ] **coma**【醫】昏睡狀態；昏迷
- [ ] **commodious** 寬敞而便利的
- [ ] **compatible** 相容的；能共處的
- [ ] **compatibility** 相容性；適合性
- [ ] **complacent** 滿足的；自滿的
- [ ] **complacency** 自足；自滿
- [ ] **comply**（對要求、命令等）順從；遵守
- [ ] **compliant** 順從的；遵守的
- [ ] **compliance** 順從；遵守；承諾
- [ ] **comprehend** 了解；領悟
- [ ] **comprehension** 理解力；領悟力
- [ ] **comprehensible** 可理解的
- [ ] **comprehensive** 綜合的；有充分理解力的
- [ ] **concede** 讓步；退讓；承認
- [ ] **concession** 讓步
- [ ] **concessive** 讓步的
- [ ] **concierge** 門房（法文）
- [ ] **concinnity**（文體的）和諧；優雅

□ **concinnous** （指文章等）和諧的；貼切的	
□ **concoct** 調合；調製；捏造	
□ **concoction** 混合（物）；捏造	
□ **concomitance** 共存；相伴	
□ **concomitant** 共存的；相伴的	
□ **confiscate** 沒收；將……充公	
□ **confiscation** 沒收；充公	
□ **congenial** 協調的；一致的	
□ **congeniality** 同性質；意氣相投	
□ **conjecture** 推測、猜測；猜測的結果	
□ **conjectural** 推測的；猜測的	
□ **connivance** 縱容；默許	
□ **connive** 縱容；默許	
□ **constipate** 限制；使便祕	
□ **constipation** 便祕；受限制	
□ **construe** 解釋；理解	
□ **contagion** 感染；傳染病	
□ **contagious** 傳染性的	
□ **contaminate** 弄髒；汙染	
□ **contamination** 弄髒；汙染	
□ **contemplate** 思量；仔細考慮	
□ **contemplation** 凝視；深思熟慮	
□ **contend** 鬥爭；競爭；爭論	

☐ **contention** 主張；論點；競爭
☐ **contingency** 偶發事件；應變措施
☐ **contingent** 附帶的；偶然的
☐ **convolute** 旋轉；迴旋／旋轉的；迴旋的
☐ **copious** 大量的；豐富的；多產的
☐ **cordial** 熱誠的；誠摯的
☐ **cordiality** 熱誠；誠摯
☐ **corollary** 必然的結果
☐ **covert** 隱藏的
☐ **cozen** 哄騙；詐騙
☐ **cozenage** 哄騙；騙局
☐ **criterium** 標準（單）
☐ **criteria**（判斷、批評的）標準（複）
☐ **crumple** 倒下；一蹶不振；弄皺
☐ **culminate** 到達頂點
☐ **culmination** 頂點
☐ **culpable** 有罪的；該責備的
☐ **culprit** 罪犯；肇事者
☐ **cunning** 狡猾的；奸詐的
☐ **curbside** 路邊
☐ **cursory** 匆忙的；粗略的
☐ **curtail** 削減；省略
☐ **curtailment** 削減；省略

🎧 MP 15

1 **callous** [ˋkæləs] *adj.*
長老繭的；沒感覺的；麻木不仁的 🜷 🝆

考 We act **callously** when we disregard or even turn our backs on the needs of the distressed and disadvantaged in our community. 【高醫】
(A) forcefully   (B) understandably
(C) unfeelingly   (D) affectionately
(E) impartially
答案：C

2 **camouflage** [ˋkæməˏflɑʒ] *n.* 偽裝 🜷 🝆

考 In the science class today, the visiting professor introduced to us an assortment of insects which have a natural **camouflage** to hide themselves from the attack of their enemies. 【高醫】
(A) disguise   (B) masquerade
(C) shell   (D) dwelling
(E) semblance
答案：A

3 **capacity** [kəˋpæsətɪ] *n.* 容量；性能；能力 🜷 🝆
capacious [kəˋpeʃəs] *adj.* 廣闊的；容量大的 🜷 🝆

考 Our executive suite is luxurious and _____, which is suitable for travelers on the lookout for ultimate comfort. 【110 慈濟】

(A) capacious   (B) judicious

(C) rapacious   (D) sagacious

答案：A

---

4 **caprice** [kə`pris] *n.* 反覆無常；多變

capricious [kə`prɪʃəs] *adj.* 反覆無常的；多變的 **G** **T**

考 The **capricious** nature of the virus has profoundly prolonged the development of the vaccine.

【109 高醫】

(A) mercurial   (B) notable   (C) prospective

(D) subtle   (E) tangible

答案：A

---

5 **carnivore** [`kɑrnə,vɔr] *adj.* 食肉的 **G**

考 Dolphins are _____, eating mainly fish and squid. 【110 義守】

(A) phytophagous   (B) omnivorous

(C) herbivorous   (D) carnivore

答案：D

🎧 MP3 16

---

6 **catalysis** [kə`tæləsɪs] *n.* 催化作用；刺激 **G**

catalyst [`kætəlɪst] *n.* 催化劑 **G** **I**

考 Certain herbs act as a _____ to other herbs. The synergy obtained from a combination of herbs is the best solution to some illnesses. 【109 義守】

(A) constipation   (B) catalyst

(C) malnutrition   (D) diagnosis

答案：B

7 **caustic** [`kɔstɪk] *adj.* 腐蝕性的；苛性的；刻薄的 🄖🅣🅘

8 **charlatan** [`ʃɑrlətṇ] *n.* 裝懂的人；江湖醫師 🄖

考 The medical board declared the treatment worthless and the practitioner a _____.【慈濟】
(A) magician   (B) wizard
(C) charlatan   (D) trickster
答案：C

9 **coerce** [ko`ɜs] *v.* 強制；迫使 🄖🅣🅘
coercion [ko`ɜʃən] *n.* 高壓政治；強制；強迫 🄖🅣

考 Students will learn more when they are in classes out of choice, rather than out of **coercion**.【高醫】
(A) compulsion   (B) acknowledgement
(C) suspension   (D) encouragement
(E) curiosity
答案：A

考 The court heard that the six defendants had been _____ into making a confession.【慈濟】
(A) coerced   (B) confided
(C) conducted   (D) induced
答案：A

10 **cognize** [`kɑg,naɪz] *v.* 認知
cognitive [`kɑgnətɪv] *adj.* 認知的 🅘
cognition [kɑg`nɪʃən] *n.* 認知；知識
cognizant [`kɑgnɪzənt] *adj.* 已認知的；注意到的

36

考 Some private investors are not fully _____ of the benefits that environmental investments can yield to them. 【110 高醫】

(A) cognitive (B) cognizant (C) conspicuous

(D) consistent (E) contradictory

答案：B

🎧 MP3 17

11 **coherent** [ko`hɪrənt] *adj.* 一致的；協調的 G T I

coherence [ko`hɪrəns] *n.* 黏著；凝聚；統一；連貫性 T

12 **collaborate** [kə`læbə,ret] *v.* 合作；合力 T

(= cooperate)

collaboration [kə,læbə`reʃən] *n.* 合作；合力 I

collaborative [kə`læbərətɪv] *adj.* 合作的

例 The two authors **collaborated** on translating the novel.

這兩位作家合力翻譯這本小說。

Our departments worked in close **collaboration** on the project.

我們所有部門針對這項計畫展開密切合作。

考 This book is the result of an innovative and **collaborative** global development process designed to engage students and deliver content and cases with global relevance. 【高醫】

(A) joint (B) positive (C) elaborate

(D) separate (E) consistent

答案：A

13 **colloquial** [kəˋlokwɪəl] *adj.* 口語的；會話的

  例 These stories are told in **colloquial** and everyday language.

  這些故事是以口語及日常用語流傳。

14 **colossal** [kəˋlɑsl] *adj.* 巨大的；少有的；驚人的 ⓖⓉ❶

  例 He has a **colossal** sum of money. 他有一筆巨款。

15 **coma** [ˋkomə] *n.*【醫】昏睡狀態；昏迷 ⓖ Ⓣ

  考 The patient had been **in a coma** since she was admitted to the hospital last night. 【中國醫】
  (A) a distressed circumstance
  (B) a strained situation
  (C) a delirious condition
  (D) an unconscious state
  答案：D

🎧 MP3 18

16 **commodious** [kəˋmodɪəs] *adj.* 寬敞而便利的 ⓖ Ⓣ

17 **compatible** [kəmˋpætəbl] *adj.* 相容的；能共處的 ⓖⓉ❶
  compatibility [kəmˌpætəˋbɪlɪtɪ] *n.* 相容性；適合性 ⓖ

  考 After working with my new colleague for a week, I realized that we are **incongruous** with each other because of our different working styles. 【111 高醫】
  (A) incoherent　　(B) incompatible
  (C) incomparable　(D) inconceivable
  (E) inconclusive
  答案：B

18 **complacent** [kəm`plesn̩t] *adj.* 滿足的;自滿的 🄖
complacency [kəm`plesn̩sɪ] *n.* 自足;自滿 🄖

考 Unfortunately, students are _____ about the racial prejudice on campus. 【111 中國醫】
(A) compressed (B) complacent
(C) complimentary (D) complementary
答案:B

19 **comply** [kəm`plaɪ] *v.*
(對要求、命令等)順從;遵守 🄖 🅣 🄘
compliant [kəm`plaɪənt] *adj.* 順從的;遵守的 🄖 🅣
compliance [kəm`plaɪəns] *n.* 順從;遵守;承諾 🄖 🄘

例 We **comply with** all the fire safety rules.
我們遵守所有的消防安全規定。

考 The patient _____ with the doctor's orders, doing what the doctor told him to do. 【高醫】
(A) complied (B) defied (C) repudiated
(D) broke (E) refilled
答案:A

考 Being accused of discriminating against Asian-American applicants, Harvard University responded that the school's admission policies are fully _____ with the law. 【高醫】
(A) compliant (B) complaint
(C) compliment (D) complementary
(E) complement
答案:A

考 Most of the employers were in full _____ with labor laws; only a few broke the regulations. 【中國醫】
(A) compliance　　　(B) fixation
(C) consolation　　　(D) divergence
(E) appeal
答案：A

考 It is plain that the United Nations will not lift the sanctions unless the Iraqi government fully _____ with the Security Council resolutions. 【111 中山】
(A) matches　　　(B) elaborates
(C) complies　　　(D) resumes
(E) accomplishes
答案：C

---

20 **comprehend** [ˌkɑmprɪˋhɛnd] *v.* 了解；領悟
(= understnd / conceive / make out)
comprehension [ˌkɑmprɪˋhɛnʃən] *n.* 理解力；領悟力
comprehensible [ˌkɑmprɪˋhɛnsəbl] *adj.* 可理解的
comprehensive [ˌkɑmprɪˋhɛnsɪv] *adj.* 綜合的；有充分理解力的 ⑥ ⑦

考 Health systems can add genetic testing into care regimens to gain a more _____ image of patients' health risks. 【110 高醫】
(A) circumscribed　　　(B) abrasive
(C) comprehensive　　　(D) abbreviated
(E) restrictive
答案：C

21 **concede** [kən`sid] *v.* 讓步；退讓；承認 **G** **T**
concession [kən`sɛʃən] *n.* 讓步 **G** **T** **I**
concessive [kən`sɛsɪv] *adj.* 讓步的

考 In the recent French presidential elections, the
incumbent Nicolas Sarkozy _____ defeat
minutes after polls closed.【高醫】
(A) accorded　　(B) conceded　　(C) receded
(D) concocted　　(E) interceded
答案：B

22 **concierge** [ˌkɑnsɪ`ɛrʒ] *n.* 門房（法文）

23 **concinnity** [kən`sɪnətɪ] *n.* （文體的）和諧；優雅
concinnous [kən`sɪnəs] *adj.* （指文章等）和諧的；貼切的

24 **concoct** [kən`kɑkt] *v.* 調合；調製；捏造 **G** **T** **I**
concoction [kən`kɑkʃən] *n.* 混合（物）；捏造 **G**

考 The suspect _____ an alibi to get away with the
murder.【111 清華】
(A) compounded　　(B) concocted　　(C) concurred
(D) condescended　　(E) condoned
答案：B

25 **concomitance** [kɑn`kɑmətəns] *n.* 共存；相伴
concomitant [kɑn`kɑmətənt] *adj.* 共存的；相伴的 **G**

考 That country is currently expanding government
dominance of its economy and suffering a _____

reduction in economic growth, tech-stock
valuations and employment. 【111 慈濟】
(A) resistible (B) nonrefundable
(C) fetching (D) concomitant
答案：D

考 Loss of memory is a natural _____ of old age.
【110 高醫】

(A) concomitant (B) dominant (C) indignant
(D) repugnant (E) stagnant
答案：A

考 A higher salary is not the only benefit; there are
_____ advantages that go with the promotion.
【高醫】

(A) concomitant (B) taciturn (C) equivocal.
(D) empirical (E) ingenuous
答案：A

🎧 MP3 20

26 **confiscate** [ˋkɑnfɪsˌket] v. 沒收；將……充公 **ⓖ ⓣ**
confiscation [ˌkɑnfɪsˋkeʃən] n. 沒收；充公

考 In which of the following is the word **confiscate**
used correctly? 【中國醫】

(A) Every supermarket in Taipei confiscated frozen
meat from each other.
(B) Our library confiscates books with the other
libraries in town.
(C) Her illness was confiscated by her run-down
condition.

(D) A security guard confiscated that he had stolen money from the bank.

(E) A policeman confiscated the weapons he found in the trunk of the car.

答案：E

---

27 **congenial** [kən`dʒinjəl] *adj.* 協調的；一致的 ❺ ❶
congeniality [kəndʒini`æliti] *n.* 同性質；意氣相投

例 The weather in Taichung is quite **congenial** to my mother's health.

台中的天氣很適合我母親的身體。

---

28 **conjecture** [kən`dʒɛktʃə] *v./n.* 推測，猜測；猜測的結果 ❺ ❶
conjectural [kən`dʒɛktʃərəl] *adj.* 推測的；猜測的

考 Overfishing is drastically reducing the population of fish in our oceans, and it is linked to the destruction of underwater foliage and coral reefs. Some even _____ that it could be a major cause of global warming. 〔111 中山〕

(A) disparage　(B) conjecture　(C) administer
(D) litigate　　(E) patent

答案：B

---

29 **connivance** [kə`naivəns] *n.* 縱容；默許
connive [kə`naiv] *v.* 縱容；默許 ❺

例 He would not be the first politician to **connive at** the illegal business deals.

他不會是第一個默許違法交易的政客。

30 **constipate** [ˋkɑnstəˌpet] *v.* 限制；使便祕
constipation [ˌkɑnstəˋpeʃən] *n.* 便祕；受限制

考 The patient can relieve _____ by increasing the amount of raw vegetables in the diet. 〔111 中山〕
(A) constipation   (B) costochondritis
(C) conjunctivitis   (D) constellation
(E) conspiracy
答案：A

🎧 MP3 21

31 **construe** [kənˋstru] *v.* 解釋；理解 G T

例 His silence was **construed** as agreement.
他的沉默被解釋為同意。

考 His attitude was **construed** as one of opposition to the proposal. 〔高醫〕
(A) misunderstood   (B) composed   (C) interpreted
(D) constructed   (E) agree
答案：C

32 **contagion** [kənˋtedʒən] *n.* 感染；傳染病 G T
contagious [kənˋtedʒəs] *adj.* 傳染性的 G T

例 Smallpox spreads by **contagion**.
天花藉傳染而蔓延。
Yawning is **contagious**.
打阿欠是會傳染的。

考 A study claims that the smell of fear is real, transmissible by direct or indirect contact, and therefore it is _____. 〔高醫〕

(A) exclusive　　(B) contagious　　(C) demanding
(D) translucent　　(E) magnificent
答案：B

考 Transmitted by the bite of the Aedes aegypti mosquito, Dengue Fever, also known as Breakbone Fever, is an **infectious** tropical disease caused by the dengue virus. 【義守】
(A) false　　　　　(B) productive
(C) harmless　　　(D) contagious
答案：D

33 **contaminate** [kən`tæmə,net] *v.* 弄髒；汙染 🅣 🅘
contamination [kən,tæmə`neʃən] *n.* 弄髒；汙染

考 In order to kill peats, farmers tend to spray their crops with insecticide. However, the overuse of it may _____ soil and do harm to our health. 【義守】
(A) contaminate　　(B) irrigate　　(C) drain　　(D) erode
答案：A

34 **contemplate** [`kantɛm,plet] *v.* 思量；仔細考慮 🅖 🅣 🅘
contemplation [,kantɛm`pleʃən] *n.* 凝視；深思熟慮 🅖

考 The manager _____ the results of the survey report for hours and finally mapped out the marketing plan this year. 【中國醫】
(A) intervened　　(B) contemplated　　(C) nurtured
(D) fossilized　　(E) defended
答案：B

[35] **contend** [kən`tɛnd] *v.* 鬥爭；競爭；爭論 🟥 🟦

例 We **contend** with each other for the prize.

為了獎品，我們彼此競爭。

考 She **contended** that the senator's considerable experience made him the best candidate. 【中國醫】

(A) executed　(B) decided　(C) required

(D) found　　(E) argued

答案：E

🎧 MP3 22

[36] **contention** [kən`tɛnʃən] *n.* 主張；論點；競爭 🟩 🟥 🟦

考 The idea that television displaces reading as a form of entertainment—a common _____ about television—is now challenged by a recent study which claims that the amount of time spent watching television is not related to reading ability. 【高醫】

(A) contention　(B) convention　(C) phenomenon

(D) stereotype　(E) practice

答案：A

考 The Chinese armed forces have been strengthening their air and naval combat capabilities in the region, as U.S. forces expanding their involvement in **contention** over the islands. 【高醫】

(A) amity　　(B) disagreement　(C) cordiality

(D) discussion　(E) accord

答案：B

37 **contingent** [kən`tɪndʒənt] *adj.* 附帶的；偶然的 **G** **T**
contingency [kən`tɪndʒənsɪ] *n.*
偶發事件；應變措施 **G** **I**

> 考 It is often prudent to come up with a _____ plan in anticipation of possible setbacks and failures.
> 【111 中山】
> (A) debilitating　(B) formidable　(C) diachronic
> (D) obstinate　(E) contingency
> 答案：E

38 **convolute** [`kɑnvə͵lut] *v.* 旋轉；迴旋　*adj.* 旋轉的；迴旋的

> 考 The route to the restaurant is very **convoluted**. Drive carefully! 【111 高醫】
> (A) nefarious　(B) decorous　(C) tortuous
> (D) humongous　(E) notorious
> 答案：C

39 **copious** [`kopɪəs] *adj.* 大量的；豐富的；多產的 **G** **T**

> 考 Facebook really is changing the way the world socially communicates and has become a successful service in part by leveraging _____ amounts of personal data that can be spread far wider than its users might realize. 【慈濟】
> (A) copious　(B) uncommon
> (C) superficial　(D) presumptuous
> 答案：A

[40] **cordial** [ˋkɔrdʒəl] *adj.* 熱誠的；誠摯的 🅣 🅘

cordiality [kɔrdʒɪˋæləti] *n.* 熱誠；誠摯

例 She received a very **cordial** welcome.

她受到非常熱誠的歡迎。

The hostess greeted me with unexpected **cordiality**.

女主人以出乎我們意料的熱誠和我們打招呼。

🎧 MP3 23

[41] **corollary** [ˋkɔrəˌlɛrɪ] *n.* 必然的結果

考 The rise of female subjectivity and autonomy is the inevitable **corollary** of the feminist movement that started in the previous century. 【高醫】

(A) consequence　(B) impact　(C) collaboration

(D) development　(E) circumstance

答案：A

[42] **covert** [ˋkʌvət] *adj.* 隱藏的 🅖 🅣

考 Many critics have charged that the CIA's **covert** activities have been immoral and hypocritical. 【高醫】

(A) emergent　(B) traumatic　(C) virile

(D) congenial　(E) secret

答案：E

[43] **cozen** [ˋkʌzn] *v.* 哄騙；詐騙 🅖

cozenage [ˋkʌznɪdʒ] *n.* 哄騙；騙局

例 He **cozened** her into signing the contract.

他哄騙她簽下合約。

44 **criterium** [kraɪˋtɪriəm] *n.* 標準（單）
　　criteria [kraɪˋtɪrɪə] *n.* （判斷、批評的）標準（複）

45 **crumple** [ˋkrʌmpl̩] *v.* 倒下；一蹶不振；弄皺 Ⓖ Ⓣ

　　例 The front of the car was **crumpled** in the accident.
　　　車頭在車禍意外中撞壞了。

🎧 MP3 24

46 **culminate** [ˋkʌlmə͵net] *v.* 到達頂點 Ⓣ
　　culmination [͵kʌlməˋneʃən] *n.* 頂點 Ⓣ

　　例 His long struggle **culminated** in success.
　　　他長時間的努力最終使他成功了。

47 **culpable** [ˋkʌlpəbl̩] *adj.* 有罪的；該責備的 Ⓖ Ⓣ

　　例 I hold him **culpable** for the failure.
　　　我認為他要為失敗負責。

48 **culprit** [ˋkʌlprɪt] *n.* 罪犯；肇事者

　　考 Deforestation as well as soil, air and water pollution
　　　are usually the main _____ of species
　　　endangerment.【111 義守】
　　　(A) exploitations　　(B) culprits
　　　(C) stigmas　　　　 (D) entailments
　　　答案：B

49 **cunning** [ˋkʌnɪŋ] *adj.* 狡猾的；奸詐的 Ⓣ

　　例 The salesman is as **cunning** as a fox.
　　　這名銷售員和狐狸一樣狡猾。

50 **curbside** [ˋkɝbsaɪd] *n./adj.* 路邊

考 Be prepared if there is COVID-19 in your household; for example, consider alternative shopping options, such as _____ pickups or online deliveries.【109 高醫】
(A) culpable   (B) culinary
(C) curative   (D) curbside
(E) custody
答案：D

51 **cursory** [ˋkɝsərɪ] *adj.* 匆忙的；粗略的 ⒼⓉ

考 Submissions are given a(n) _____ check, to ensure that at least they meet the requirements of a scientific paper.【111 高醫】
(A) cursory   (B) elegiac
(C) fallacious   (D) oblivious
(E) susceptible
答案：A

52 **curtail** [kɝˋtel] *v.* 削減；省略 ⓉⒾ
curtailment [kɝˋtelmənt] *n.* 削減；省略

考 The London News Agency yesterday quoted a number of enterprise leaders as saying they were not optimistic about _____ government interference.【慈濟】
(A) curtailing   (B) considering
(C) concentrating   (D) contemplating
答案：A

Preview 字彙總覽

□ **debacle** 災難;崩潰
□ **debris** 殘骸;碎片
□ **debut** 首次露面;初次登臺
□ **decimate** 大量毀滅;重挫
□ **decipher** 破解(密碼等);解釋
□ **decree** 頒布法令/法令;政令
□ **decry** 責難;誹謗
□ **defer** 聽從;推遲;使……延期
□ **deference** 聽從;推遲
□ **deficient** 不足的;有缺點的
□ **deficiency** 缺乏;不足
□ **deficit** 不足額;赤字
□ **deft** 靈巧的;熟練的
□ **deftness** 靈巧;熟練
□ **defy** 公然反抗;向……挑戰
□ **delineate** 描述;畫輪廓
□ **delineation** 描述;畫輪廓
□ **delineative** 描繪的
□ **delinquent** 怠忽職守的;拖欠的/青少年罪犯

- [ ] **delinquency** 青少年犯罪
- [ ] **delirious** 精神錯亂的；極度興奮的
- [ ] **delude** 迷惑；哄騙
- [ ] **deluge** 淹沒；使……氾濫／洪水；暴雨
- [ ] **denounce** 指責；告發；彈劾
- [ ] **denouncement** 指責；告發；彈劾
- [ ] **deplore** 哀嘆；對……深感遺憾
- [ ] **deplorable** 可悲的；可憐的
- [ ] **dermatologist** 皮膚科醫師
- [ ] **dermatology** 皮膚醫學
- [ ] **despond** 沮喪；失去勇氣
- [ ] **despondent** 沮喪的
- [ ] **despondency** 沮喪；意志消沉
- [ ] **despotic** 暴君的；專橫的
- [ ] **despotism** 專橫政治
- [ ] **desultory** 雜亂的；散漫的
- [ ] **detract** 減損；降低
- [ ] **detraction** 誹謗；責難
- [ ] **detriment** 損傷
- [ ] **detrimental** 有害的；不利的
- [ ] **deviate** 偏離
- [ ] **deviation** 偏離

☐ **devolve** 被移交;轉讓
☐ **devolution** 移交;轉讓
☐ **dichotomy** 二分法;分裂
☐ **diehard** 頑固的保守主義者
☐ **dietary** 飲食的
☐ **dietarian** 遵守飲食規定者
☐ **digress** 走向岔路;脫離主題
☐ **digression** 離題;脫軌
☐ **digressive** 離題的;脫節的
☐ **dilate** 擴張
☐ **dilation** 擴張;擴大部分
☐ **discard** 丟棄;拋棄
☐ **disclaim** 放棄;否認
☐ **discrepancy** 差異;不一致
☐ **discrepant** 差異的;不一致的
☐ **discrete** 不連接的;分離的
☐ **discreteness** 分離;互不關聯
☐ **disdain** 輕視;藐視
☐ **disinclination** 厭惡,不起勁
☐ **disparage** 貶低;輕視
☐ **disparate** 迥然不同的;異類的
☐ **disseminate** 散播;宣傳

☐ **dissemination** 散播；宣傳
☐ **dissent** 持異議；不同意
☐ **dissension** 意見不合；爭吵
☐ **dissidence** 不同意；異議
☐ **dissident** 意見不同的；不贊成的
☐ **distain** 使……變色；污辱
☐ **distend**（使）膨脹；（使）擴張
☐ **distensible** 可膨脹的
☐ **distension** 膨脹
☐ **dormant** 睡著的；休眠的；冬眠的
☐ **dormancy**【生】休眠狀態
☐ **dredge** 疏浚；挖掘；採撈
☐ **drench** 使……濕透；浸透
☐ **drizzle** 下毛毛雨／毛毛雨
☐ **duplicate** 複製的；完全一樣的
☐ **duplication** 複製；複本

1 **debacle** [deˋbɑkl] *n.* 災難；崩潰 **G**

考 The collapse of the company was described as the greatest financial **debacle** in US history. 【109 高醫】
(A) asylum　(B) carnage　(C) latitude
(D) fiasco　(E) panorama
答案：D

2 **debris** [dəˋbri] *n.* 殘骸；碎片 **G T I**

考 After the magnitude 7 earthquake, **debris** littered everywhere in the megacity. 【111 高醫】
(A) racket　(B) revel　(C) ritual
(D) roulette　(E) rubble
答案：E

3 **debut** [deˋbju] *n.* 首次露面；初次登臺 **G**

考 Vera made her _____ in this tournament and eventually won the title. No one could believe that this was just the first match in her life. 【110 慈濟】
(A) fraud　(B) merit　(C) debut　(D) peril
答案：C

4 **decimate** [ˋdɛsəˏmet] *v.* 大量毀滅；重挫 **G**

考 Experts say that a mysterious virus has _____ the bovine population in some regions. 【111 義守】

(A) capitulated   (B) instigated

(C) castigated   (D) decimated

答案：D

---

5 **decipher** [dɪˋsaɪfə] v. 破解（密碼等）；解釋 ⓖ ⓣ ⓘ

考 The doctor's handwriting is so bad that I cannot
_____ his prescription. 【中國醫】

(A) validate   (B) coordinate   (C) instill

(D) decipher   (E) reinforce

答案：D

6 **decree** [dɪˋkri] v. 頒布法令 n. 法令；政令 ⓖ

考 With the Delta variant dominant and hospitals
under strain, the government _____ this week
that only critically ill or high-risk patients would be
admitted to hospitals. Others must recover at
home. 【111 清華】

(A) decreed   (B) taunted   (C) saluted

(D) tantalized   (E) redeemed

答案：A

---

7 **decry** [dɪˋkraɪ] v. 責難；詆謗 ⓖ ⓣ

例 She **decried** his rudeness. 她責備他的魯莽。

---

8 **defer** [dɪˋfɜ] v. 聽從；推遲；使……延期 ⓣ ⓘ
deference [ˋdɛfərəns] n. 聽從；推遲 ⓖ

考 My bank has agreed to _____ the repayments
on my loan while I'm still a student. 【慈濟】

(A) defer (B) infer (C) refer (D) confer

答案：A

---

9 deficient [dɪˋfɪʃənt] *adj.* 不足的；有缺點的
(=inadequate) **T**
*[**de/fic(i)/ent=not/do/(a.)**]
反義 **sufficient / enough** 足夠的
deficiency [dɪˋfɪʃənsɪ] *n.* 缺乏；不足 **G T**

考 Abundant folic acid supplementation is crucial for
pregnant women, as a _____ may cause birth
defects. 〔110 慈濟〕
(A) deficiency   (B) fluctuation
(C) hardiness   (D) superfluity
答案：A

---

10 deficit [ˋdɛfɪsɪt] *n.* 不足額；赤字 **G T T**

考 Agrammatism is considered to be the grammatical
_____ experienced by aphasia patients. 〔110 中國醫〕
(A) pledge (B) deficit (C) delinquency (D) vogue
答案：B

🎧 MP3 27

---

11 deft [dɛft] *adj.* 靈巧的；熟練的 **G T T**
deftness [ˋdɛftnɪs] *n.* 靈巧；熟練

考 The surgeon **deftly** moved the scalpel inspiring
wonder in the young medical students who were
observing the procedure. 〔中國醫〕
(A) skillfully (B) swiftly (C) barely (D) viciously
答案：A

12 **defy** [dɪˋfaɪ] v. 公然反抗；向……挑戰 🅣 🅘

例 She **defied** her parents and went out with her friend.
她不顧父母的反對而和朋友出去。

---

13 **delineate** [dɪˋlɪnɪˏet] v. 描述；畫輪廓 🅖 🅣
delineation [dɪˏlɪnɪˋeʃən] n. 描述；畫輪廓
delineative [dɪˋlɪnɪətɪv] adj. 描繪的

考 The following section _____ the nature of the
personal and family visits that have been
performed in the past half-century.【111 慈濟】
(A) evicts (B) gormandizes
(C) poaches (D) delineates
答案：D

---

14 **delinquent** [dɪˋlɪŋkwənt] adj. 怠忽職守的；拖欠的
n. 青少年罪犯 🅖 🅣
delinquency [dɪˋlɪŋkwənsɪ] n. 青少年犯罪 🅖 🅘

---

15 **delirious** [dɪˋlɪrɪəs] adj. 精神錯亂的；極度興奮的 🅖

例 She was **delirious** from fever.
她因發燒而精神恍惚。

🎧 MP3 28

16 **delude** [dɪˋlud] v. 迷惑；哄騙 🅖 🅣 🅘

考 I am not vain enough to **delude** myself that I can in
the remaining years make an important discovery
useful for everyone or can lead a social movement.
【高醫】

(A) confront　(B) obscure　(C) enclose
(D) beguile　(E) compete

答案：D

---

17 **deluge** [`dɛljudʒ] *v.*
淹沒；使……氾濫 *n.* 洪水；暴雨 **G T I**

例 They were **deluged** with applications and phone calls.

他們被許多申請書及電話所淹沒。

The **deluge** ended seven weeks of drought.

暴雨終結了七週的乾旱。

---

18 **denounce** [dɪ`naʊns] *v.* 指責；告發；彈劾 **G T I**
denouncement [dɪ`naʊnsmənt] *n.* 指責；告發；彈劾

考 Some people **denounce** the government for
probing into their private lives. 【高醫】
(A) condemn　(B) praise　(C) cheer　(D) attract
答案：A

---

19 **deplore** [dɪ`plor] *v.* 哀嘆；對……深感遺憾 **T I**
deplorable [dɪ`plorəbl] *adj.* 可悲的；可憐的 **T**

例 There are many of us who **deplore** this lack of
responsibility.

我們當中有許多人譴責這種欠缺責任感的事。

---

20 **dermatologist** [͵dɜmə`talədʒɪst] *n.* 皮膚科醫師
dermatology [͵dɜmə`talədʒɪ] *n.* 皮膚醫學 **G**

考 If a physician chooses his/her specialty on (human)
skin, s/he would be officially called a _____.
【111 中興】

59

(A) dermatologist　　(B) radiologist
(C) plastic surgeon　　(D) gynecologist
(E) obstetrician

答案：A

🎧 MP3 29

21 **despond** [dɪˋspɑnd] *v.* 沮喪；失去勇氣
despondent [dɪˋspɑndənt] *adj.* 沮喪的 ⒼⓉ
despondency [dɪˋspɑndənsɪ] *n.* 沮喪；意志消沉

例 He **desponded** of the future. 他因未來而沮喪。

Gill had been out of work for a year and was getting very **despondent**.
吉爾已經失業一年，並且變得非常消沉。

22 **despotic** [dɪˋspɑtɪk] *adj.* 暴君的；專橫的 Ⓖ
despotism [ˋtɛspətɪzəm] *n.* 專橫政治 Ⓖ

例 The people hated his **despotic** rules.
人民痛恨他專制的統治。

23 **desultory** [ˋdɛsḷˌtorɪ] *adj.* 雜亂的；散漫的 Ⓖ

24 **detract** [dɪˋtrækt] *v.* 減損；降低 Ⓣ
detraction [dɪˋtrækʃən] *n.* 誹謗；責難

例 His absence **detracted** from the interest of the occasion. 他的缺席使得這個場合的樂趣降低了。

25 **detriment** [ˋdɛtrəmənt] n. 損傷 Ⓖ❶
detrimental [dɛtrəˋmɛntḷ] *adj.* 有害的；不利的 ⒼⓉ❶

考 High doses may be **harmful**, causing excitability.

【中國醫】

(A) beneficial　　　　(B) prominent

(C) detrimental　　　 (D) hostile

答案：C

🎧 MP3 30

26 **deviate** [ˋdivɪˏet] v. 偏離（與 from 搭配）

deviation [ˏdivɪˋeʃən] n. 偏離

考 Figures that _____ the norm are different from what is typical. 【高醫】

(A) deviate from　　　(B) overlap with

(C) concur with　　　 (D) are distorted

(E) deduce

答案：A

27 **devolve** [dɪˋvɑlv] v. 被移交；轉讓

devolution [ˏdɛvəˋluʃən] n. 移交；轉讓 🄖

例 His duties **devolved** on his deputy.

他的職責移交給副手行使。

28 **dichotomy** [daɪˋkɑtəmɪ] n. 二分法；分裂 🄖

29 **diehard** [ˋdaɪˏhɑrd] n. 頑固的保守主義者

例 With the exception of a few **diehards**, they all welcomed the proposals for reform.

除了少數頑固的保守主義者，他們都歡迎改革的提案。

30 **dietary** [ˋdaɪəˌtɛrɪ] *adj.* 飲食的

dietarian [ˌdaɪəˋtɛrɪən] *n.* 遵守飲食規定者

考 Herbal medicines used in TCM are sometimes marketed in the United States as _____ supplements. 【義守】

(A) diehard　(B) serious　(C) sensory　(D) dietary

答案：D

🎧 MP3 31

31 **digress** [daɪˋgrɛs] *v.* 走向岔路；脫離主題 🟢 🔵

digression [daɪˋgrɛʃən] *n.* 離題；脫軌 🟢

digressive [daɪˋgrɛsɪv] *adj.* 離題的；脫節的

32 **dilate** [daɪˋlet] *v.* 擴張

dilation [daɪˋleʃən] *n.* 擴張；擴大部分

例 Exercise makes the body's blood vessels **dilate**.

運動會使身體的血管擴張。

33 **discard** [dɪsˋkɑrd] *v.* 丟棄；拋棄 🔵

34 **disclaim** [dɪsˋklem] *v.* 放棄；否認 🟢 🔵

35 **discrepancy** [dɪˋskrɛpənsɪ] *n.* 差異；不一致 🟢 🔵 🟠

discrepant [dɪˋskrɛpənt] *adj.* 差異的；不一致的

考 Despite the obvious _____ in their beliefs regarding children's education, there are noticeable resemblances between the husband and wife in their roles as a parent. 【高醫】

(A) insights   (B) similarities

(C) correspondence   (D) assimilation

(E) discrepancy

答案：E

🎧 MP3 32

36 **discrete** [dɪ`skrit] *adj.* 不連接的；分離的 ⓖ ①
discreteness [dɪ`skritnəs] *n.* 分離；互不關聯

37 **disdain** [dɪs`den] *n./v.* 輕視；藐視

例 They **disdain** my help. 他們不屑我的幫忙。

38 **disinclination** [dɪsɪnklə`neʃən] *n.* 厭惡，不起勁

例 He has a strong **disinclination** for work.
他很討厭工作。

39 **disparage** [dɪ`spærɪdʒ] *v.* 貶低；輕視 ⓖ ①

例 Do not **disparage** good manners.
不要輕視優良的禮節。

40 **disparate** [`dɪspərɪt] *adj.* 迴然不同的；異類的 ⓖ

例 He and I have **disparate** ideas.
他和我有迴然不同的想法。

🎧 MP3 33

41 **disseminate** [dɪ`sɛmə‚net] *v.* 散播；宣傳 ⓖ ①
dissemination [dɪ‚sɛmə`neʃən] *n.* 散播；宣傳

考 The Internet is one of the most common ways to
_____ information, and it is done very quickly.

【高醫】

(A) disseminate　　(B) enhance　　(C) impeach
(D) interrogate　　(E) stake

答案：A

---

42 **dissent** [dɪˋsɛnt] *v.* 持異議；不同意 **ⓖ**
　　dissension [dɪˋsɛnʃən] *n.* 意見不合；爭吵

---

43 **dissidence** [ˋdɪsədəns] *n.* 不同意；異議
　　dissident [ˋdɪsədənt] *adj.* 意見不同的；不贊成的 **ⓖ**

---

44 **distain** [dɪˋsten] *v.* 使……變色；污辱

---

45 **distend** [dɪˋstɛnd] *v.* （使）膨脹；（使）擴張 **ⓖ ⓣ ⓘ**
　　distensible [dɪˋstɛnsəbl] *adj.* 可膨脹的
　　distension [dɪˋstɛnʃən] *n.* 膨脹 **ⓖ**

考 Being pregnant with triplets caused her belly to
　　_____ more than the average woman's. 【111 義守】
　　(A) contend　　　　(B) distend
　　(C) repudiate　　　(D) scribble

答案：B

🎧 MP3 34

---

46 **dormant** [ˋdɔrmənt] *adj.*
　　睡著的；休眠的；冬眠的 **ⓖ ⓣ ⓘ**
　　dormancy [ˋdɔrmənsɪ] *n.* 【生】休眠狀態

---

47 **dredge** [drɛdʒ] *v.* 疏浚；挖掘；採撈 **ⓖ**

例 They are **dredging** up mud from the riverbed.
　　他們從河床中挖起泥巴。

48 **drench** [drɛntʃ] *v.* 使⋯⋯濕透；浸透 🛈 🛈

例 They were **drenched** in the storm.
他們在暴風雨中濕透了。

49 **drizzle** [ˋdrɪzl̩] *v.* 下毛毛雨 *n.* 毛毛雨 🄶 🛈

例 It **drizzled** on and off yesterday.
昨天斷斷續續下著毛毛雨。

50 **duplicate** [ˋdjupləkɪt] *adj.* 複製的；完全一樣的 🛈 🛈
duplication [ˌdjuplɪˋkeʃən] *n.* 複製；複本

📄 Preview 字彙總覽

☐ **efface** 擦掉；抹去；使自己不受注意
☐ **egregious** 非常的；震驚的；極壞的
☐ **elicit** 引出；誘出
☐ **elicitation** 引出；誘出
☐ **embark** 從事；上船（或飛機等）
☐ **embed** 使……崁入；埋置
☐ **embellish** 美化；裝飾
☐ **embellishment** 裝飾；裝飾品
☐ **embezzle** 侵占；盜用
☐ **embezzlement** 侵占；盜用
☐ **empathy**【心】移情；同感
☐ **empirical** 經驗上的；經驗主義的
☐ **encapsulate** 將……裝入膠囊；壓縮
☐ **encapsulation** 概括
☐ **endemic**（疾病等）地方性的；某地特有的
☐ **enervate** 使衰弱
☐ **ensconce** 安置；使隱藏
☐ **ensue** 接踵而至；接著發生

□ **entice** 慫恿；誘使

□ **enticement** 慫恿；引誘

□ **entwine** 使……纏繞；使……交錯

□ **enumerate** 點；數；列舉

□ **enumeration** 計數；列舉

□ **envisage** 想像；設想

□ **ephemeral** 僅有一天生命的；短暫的

□ **ephemerality** 朝生暮死；短暫的事物

□ **epistemology**【哲】認識論

□ **epitomize** 作為……的縮影；象徵

□ **eponym** 齊名的人；名字被用於命名地方的人

□ **eponymous** 同名的

□ **equivocal** 模稜兩可的

□ **erudite** 博學的

□ **etiquette** 禮節；規矩

□ **evocative** 喚起記憶的

□ **evocation** 喚起；引起；招魂

□ **exacerbate** 使惡化；使加重

□ **excretion** 排泄（物）；分泌（物）

□ **excretive** 排泄的；促進排泄的

□ **exemplify** 例示；作為……的例子

□ **exemplification** 例證；範例

- [ ] **exemplificative** 例示的；例證的
- [ ] **exempt** 免除／免除的
- [ ] **exemption** 免除（稅）
- [ ] **exhilarate** 使……振奮；使……高興
- [ ] **exhilaration** 愉快的心情；振奮；高興
- [ ] **exonerate** 證明無罪；免除
- [ ] **exorbitant**（要求、收費等的）過分的；奢侈的
- [ ] **expedite** 促進；迅速執行
- [ ] **explicate** 解釋；闡明
- [ ] **explication** 解釋；闡明
- [ ] **explicable** 可解釋的
- [ ] **exponent** 闡述者；說明者；提倡者
- [ ] **exponential** 越來越快的
- [ ] **extort** 勒索；敲詐
- [ ] **extortion** 勒索；敲詐
- [ ] **extortionary** 勒索的；敲詐的

🎧 MP3 35

① **efface** [ɪˋfes] *v.* 擦掉；抹去；使自己不受注意（與 oneself 搭配使用）🄖 🄣

> 例 She would **efface** herself before her father's visitors.
> 她避免在她父親的訪客面前露面。

> 考 A _____ person is overtly modest in speaking of his or her own qualities and accomplishment. 【高醫】
> (A) self-effacing　(B) self-efficient　(C) self-seeking
> (D) self-enclosed　(E) self-employed
> 答案：A

② **egregious** [ɪˋgridʒəs] *adj.* 非常的；震驚的；極壞的 🄖

> 例 You have to admit that you committed an **egregious** blunder.
> 你必須承認你犯了一個極大的錯誤。

③ **elicit** [ɪˋlɪsɪt] *v.* 引出；誘出 (+ from) 🄖 🄣 🄘
> **elicitation** [ɪ‚lɪsəˋteʃən] *n.* 引出；誘出

> 例 I succeeded in **eliciting** from his secretary the information I needed.
> 我成功地從他的祕書那裡探聽出我要的資訊。

④ **embark** [ɪmˋbɑrk] *v.* 從事；上船（或飛機等）🄣 🄘

> 例 They **embarked on** a campaign to get people to vote.
> 他們展開一場讓人們投票的活動。

5 **embed** [ɪm`bɛd] v. 使……嵌入；埋置 G T I

᠎ The actor had Lincoln so _____ in his psyche, in his soul, in his mind, that the director would come to work in the morning and Lincoln would sit behind his desk and they would begin the movie. 〔高醫〕

(A) restrained　(B) restated　(C) shunned
(D) cracked　　(E) embedded
答案：E

🎧 MP3 36

6 **embellish** [ɪm`bɛlɪʃ] v. 美化；裝飾 G T
embellishment [ɪm`bɛlɪʃmənt] n. 裝飾；裝飾品

᠎ She **embellished** her room with flowers.
她用花朵裝飾房間。

7 **embezzle** [ɪm`bɛzl] v. 侵占；盜用 G T
embezzlement [ɪm`bɛzlmənt] n. 侵占；盜用 G

᠎ The clerk was arrested on a charge that he **embezzled** a million dollars from the public funds.
〔中國醫〕

(A) misappropriated　(B) miscalculated　(C) lost
(D) forfeited　　　　(E) embellished
答案：A

8 **empathy** [`ɛmpəθɪ] n.【心】移情；同感 G

᠎ As a doctor, you have to be a people person and have _____. 〔慈濟〕

(A) empathy　(B) pathos　(C) telepathy　(D) apathy
答案：A

70

⑨ **empirical** [ɛm`pɪrɪkl] *adj.* 經驗上的;經驗主義的 ⓖ ⓣ

考 _____ studies show that some forms of
alternative medicine are extremely effective. 【高醫】
(A) Experienced　　(B) Engaged　　(C) Eligible
(D) Empirical　　　(E) Elevated
答案:D

考 Scientists require observable data to support a
hypothesis; sound science is grounded in _____
results rather than speculation.【慈濟】
(A) fiscal　　　　　(B) theoretical
(C) hypothetical　　(D) empirical
答案:D

⑩ **encapsulate** [ɪn`kæpsə,let] *v.* 將……裝入膠囊;壓縮 ⓖ
encapsulation [ɪn,kæpsə`leʃən] *n.* 概括

考 This study of Victorian poetry **encapsulates** the
various views of modern experts.【高醫】
(A) incorporates　　(B) fabricates　　(C) deducts
(D) eliminates　　　(E) undertakes
答案:A

🎧 MP3 37

⑪ **endemic** [ɛn`dɛmɪk] *adj.*
(疾病等) 地方性的;某地特有的 ⓖ

例 Malaria is still **endemic** in some hot countries.
瘧疾在一些炎熱的國家仍然存在。

12 **enervate** [`ɛnə,vet] v. 使衰弱 🄖 🅣

考 The plastic surgery really **enervated** him for weeks afterwards.【110 高醫】
(A) fortified   (B) galvanized   (C) debilitated
(D) invigorated   (E) strengthened
答案：C

13 **ensconce** [ɛn`skɑns] adj. 安置；使隱藏 🄖

考 The view from the top is heady—particularly if you're _____ in one of the Straits Suites, which are at least 50 floors up.【110 中國醫】
(A) disgorged   (B) ensconced
(C) alluded   (D) deported
答案：B

14 **ensue** [ɛn`su] v. 接踵而至；接著發生 🅣 🅘

考 A series of terrible leadership moves have **ensued**.
【中國醫】
(A) aroused   (B) changed
(C) converged   (D) followed
答案：D

15 **entice** [ɪn`taɪs] v. 慫恿；誘使 🄖 🅣
enticement [ɪn`taɪsmənt] n. 慫恿；引誘 🄖

🎧 MP3 38

16 **entwine** [ɪn`twaɪn] v. 使……纏繞；使……交錯 🄖

例 A vine **entwined** the tree.
一條藤蔓纏繞著這棵樹。

17 **enumerate** [ɪ`njumə‚ret] *v.* 點；數；列舉 Ⓖ Ⓣ
enumeration [ɪ‚njumə`reʃən] *n.* 計數；列舉

例 Can you **enumerate** the capitals of the 50 states?
你能列舉出這 50 個州的首府嗎？

18 **envisage** [ɪn`vɪzɪdʒ] *v.* 想像；設想 Ⓖ Ⓣ Ⓘ

考 In the 1950s, scientists and technologists _____
that by now the world would be free from disease,
traversed by cars, and fueled by minerals from
distant planets.【中國醫】
(A) enhanced　(B) enrolled　(C) enquired
(D) entwined　(E) envisaged
答案：E

19 **ephemeral** [ɪ`fɛmərəl] *adj.*
僅有一天生命的；短暫的 Ⓖ Ⓣ
ephemerality [ə‚fɛmə`rælətɪ] *n.* 朝生暮死；短暫的事物

考 Blowing soap bubbles never fails to delight one's
inner child, perhaps because bubbles are
intrinsically _____, bursting after just a few
minutes.【111 慈濟】
(A) imperious　　(B) ephemeral
(C) retrievable　　(D) felicitous
答案：B

20 **epistemology** [ɪ‚pɪstə`mɑlədʒɪ] *n.*【哲】認識論 Ⓖ

21 **epitomize** [ɪˋpɪtəˌmaɪz] *v.* 作為……的縮影；象徵

考 His comments **epitomize** the attitude of many parents nowadays. 【高醫】
(A) reiterate
(B) conceive
(C) are a perfect example of
(D) account for
(E) agree with
答案：C

22 **eponym** [ˋɛpəˌnɪm] *n.*
齊名的人；名字被用於命名地方的人
eponymous [ɛˋpɑnəməs] *adj.* 同名的

考 Peter Molly, whose _____ restaurant *Molly* serves luxurious food, has lost many customers since the pandemic. 【111 高醫】
(A) vertiginous (B) eponymous (C) presumptuous
(D) spurious (E) unscrupulous
答案：B

23 **equivocal** [ɪˋkwɪvəkḷ] *adj.* 模稜兩可的 ⓖ ⓣ ⓘ

考 Regarding the coincidence, the judge expects an **unequivocal** explanation, without which you'll never be able to clear yourself. 【高醫】
(A) reasonable
(B) unpardonable
(C) understandable
(D) unintelligent
(E) unambiguous
答案：E

24 **erudite** [ˋɛrʊˏdaɪt] *adj.* 博學的 Ⓖ Ⓣ

考 Reading this book will help you acquire a lot of knowledge and even become a more **erudite** person. 【109 高醫】
(A) bluffing (B) exulting (C) assiduous
(D) congenial (E) sagacious
答案：E

25 **etiquette** [ˋɛtɪkɛt] *n.* 禮節；規矩 Ⓖ Ⓘ

例 All the officials present in the party have to follow the rules of diplomatic **etiquette**.
所有出席聚會的官員都必須遵循外交禮儀的慣例。

🎧 MP3 40

26 **evocative** [ɪˋvɑkətɪv] *adj.* 喚起記憶的 Ⓖ
evocation [ˏɛvoˋkeʃən] *n.* 喚起；引起；招魂

27 **exacerbate** [ɪgˋzæsəˏbet] *v.* 使惡化；使加重 Ⓖ Ⓘ

考 The pandemic had **exacerbated** the longstanding city budget problems the last administration did too little to address. 【110 高醫】
(A) aggravated (B) contributed (C) moderated
(D) negotiated (E) stimulated
答案：A

28 **excretion** [ɛkˋskriʃən] *n.* 排泄（物）；分泌（物）
excretive [ɛkˋskritɪv] *adj.* 排泄的；促進排泄的

考 The urinary system is the main system of body parts involved in _____, which is the expulsion of unwanted substances. 【111 中山】
(A) excrement　(B) excrescence　(C) excerpt
(D) excretion　(E) exegesis
答案：D

---

29 **exemplify** [ɪgˋzɛmpləˌfaɪ] v. 例示；作為……的例子 ❶
exemplification [ɪgˌzɛmpləfəˋkeʃən] n. 例證；範例
exemplificative [ɪgˋzɛmplɪfɪˌketɪv] adj. 例示的；例證的

例 The teacher richly **exemplified** the use of the word.
老師以豐富的例子說明這個字的用法。

---

30 **exempt** [ɪgˋzɛmpt] v. 免除 adj. 免除的 ❻ ❶ ❶
exemption [ɪgˋzɛmpʃən] n. 免除（稅）❻

🎧 MP3 41

31 **exhilarate** [ɪgˋzɪləˌret] v.
使……振奮；使……高興 ❻ ❶ ❶
exhilaration [ɪgˌzɪləˋreʃən] n. 愉快的心情；振奮；高興

例 The refugees were **exhilarated** by the news.
難民們因這個消息而感到振奮。

考 The theatergoers were _____ by the actor's powerhouse performance as Romeo. 【中國醫】
(A) retreated　(B) prevailed　(C) ostracized
(D) exhilarated　(E) fractured
答案：D

32 **exonerate** [ɪgˋzɑnəˌret] *v.* 證明無罪；免除 ❻ ❶

考 An official investigation of last month's terrorist attack _____ the city council from any blame.

【111 清華】

(A) exacerbated　(B) excoriated　(C) excruciated
(D) exhorted　　(E) exonerated

答案：E

---

33 **exorbitant** [ɪgˋzɔrbətɛnt] *adj.* (要求、收費等的) 過分的；奢侈的 ❻ ❶ ❶

考 Smugglers exploit refugees by charging _____ fees to smuggle them across European borders, hiding them in trucks and containers, where they are at high risk of abuse, injury, sickness, detection, and even death. 【110 中國醫】

(A) exorbitant　　(B) nonchalant
(C) senile　　　　(D) tranquil

答案：A

---

34 **expedite** [ˋɛkspɪˌdaɪt] *v.* 促進；迅速執行 ❻ ❶

考 Computerization may _____ the delivery of goods for regular customers. 【高醫】

(A) terminate　　(B) obfuscate　　(C) promote
(D) expedite　　 (E) fatigue

答案：D

[35] **explicate** [ˋɛksplɪ͵ket] v. 解釋;闡明 ❻
explication [͵ɛksplɪˋkeʃən] n. 解釋;闡明
explicable [ˋɛksplɪkəbl̩] adj. 可解釋的 ❻

例 His behavior is not **explicable**.
他的行為是難以理解的。

[36] **exponent** [ɪkˋsponənt] n. 闡述者;說明者;提倡者 ❻
exponential [͵ɛkspoˋnɛnʃəl] adj. 越來越快的

考 The availability of reputable, quality programs of higher education in Asia is increasing _____, giving local students more incentives not to study abroad.【慈濟】
(A) obtrusively (B) exponentially
(C) strenuously (D) languidly
答案：B

[37] **extort** [ɪkˋstɔrt] v. 勒索;敲詐
extortion [ɪkˋstɔrʃən] n. 勒索;敲詐 ❻
extortionary [ɪkˋstɔrʃən͵ɛrɪ] adj. 勒索的;敲詐的

例 They **extorted** a large sum of money from him.
他們從他那兒敲詐了一大筆錢。

He got the money by **extortion**.
他藉由勒索而得到了錢。

📄 **Preview** 字彙總覽

☐ **fabricate** 製造；組裝；捏造
☐ **fabrication** 製造；組裝；捏造
☐ **facilitate** 使容易；使便利；助長
☐ **facility** 容易；熟練；設施
☐ **fad** 一時的流行
☐ **fallacious** 謬誤的；騙人的
☐ **fallaciousness** 謬誤
☐ **falter** 蹣跚；動搖；衰退
☐ **fanatic** *adj.* 狂熱的；盲信的／狂熱者；盲信者
☐ **fanaticism** 狂熱；盲信；著迷
☐ **fastidious** 愛挑剔的；難討好的
☐ **fatigue** 疲乏；勞苦／使疲勞；疲勞
☐ **feeble** 虛弱的
☐ **feebleness** 虛弱
☐ **fiasco** 慘敗；可恥的失敗
☐ **flabby** (肌肉等) 不結實的；軟弱的
☐ **flaccid** (肌肉等) 不結實的；軟弱的
☐ **flaccidity** (肌肉等的) 不結實；軟弱
☐ **flamboyance** 浮誇；浮華

- [ ] **flamboyant** 浮誇的;浮華的
- [ ] **flatulence**【醫】腸胃氣脹;自負
- [ ] **flaunt** 誇耀;炫耀
- [ ] **flaunty** 誇耀的
- [ ] **fledge** 長羽毛;長翅膀
- [ ] **focal** 焦點的;病灶的
- [ ] **focalize** 使……聚焦
- [ ] **forbear** 克制;忍耐
- [ ] **forbearance** 克制;忍耐
- [ ] **foreground** 前景;最重要的位置
- [ ] **forensic** 法庭的;法醫的;辯論的
- [ ] **forensics** 法醫檢驗;辯論學
- [ ] **foresee** 預見
- [ ] **foresight** 遠見;先見之明
- [ ] **forfeit**（因犯罪、失職等）喪失（權利、名譽、生命）
- [ ] **forfeiture**（權利、名譽等的）喪失
- [ ] **fortuitous** 幸運的;吉祥的;偶然的
- [ ] **fortitude** 堅忍;剛毅
- [ ] **fortitudinous** 堅忍的
- [ ] **fracture** 使斷裂;使骨折/骨折;斷裂
- [ ] **frantic** 狂亂的;憤怒的

字彙
F

🎧 MP3 42

1 **fabricate** [ˋfæbrɪˏket] *v.* 製造；組裝；捏造 ⑥ ① ①
 fabrication [ˏfæbrɪˋkeʃən] *n.* 製造；組裝；捏造

 考 Our state library will be **fabricated** from sheet
 metal.【中國醫】
 (A) beautified　　　(B) imitated　　　(C) forged
 (D) inaugurated　　(E) renovated
 答案：C

2 **facilitate** [fəˋsɪləˏtet] *v.* 使容易；使便利；助長 ⑥ ① ①
 facility [fəˋsɪlətɪ] *n.* 容易；熟練；設施 ⑥ ① ①

 考 The reason for designing the special bus lane is to
 ＿＿＿＿＿ the traffic flow, not to slow it down.
 (A) accommodate　　(B) discount
 (C) facilitate　　　　(D) influence
 答案：C

 考 The hotel has its own pool and leisure ＿＿＿＿＿,
 including play rooms for children and fitness rooms
 for adults.【慈濟】
 (A) pastimes　　　(B) activities
 (C) facilities　　　(D) elections
 答案：C

 考 Diabetic shared-care schemes and diabetic liaison
 nurses help ＿＿＿＿＿ the dispersal of information
 from the central hospital clinic to general

practitioners and families caring for patients with diabetes. 【110 慈濟】

(A) commiserate (B) compensate
(C) facilitate (D) nominate

答案：C

考 In the case of type 1 diabetes, scientists are particularly keen to study exactly what happens after beta cells becomes infected with Sars-CoV-2 to see if there is a way to prevent their destruction. "Understanding the link between viral infection and type 1 diabetes might _____ early diagnosis and prevention," says Shuibing Chen, a stem cell biologist at Weill Cornell Medicine. 【111 清華】

(A) forestall (B) gloat (C) facilitate
(D) impede (E) tamper

答案：C

3 **fad** [fæd] n. 一時的流行 ⓖ

考 According to recent research, nearly half of Americans believe that the popular social networking is a passing **fad**. 【中國醫】

(A) record (B) ethic (C) nostalgia
(D) vogue (E) outlet

答案：D

4 **fallacious** [fə`leʃəs] adj. 謬誤的；騙人的 ⓖ ⓣ
fallaciousness [fə`leɪʃəsnɪs] n. 謬誤

考 Unfortunately, there is a lot of contradicting and

_____ information floating around out there about how distance runners should or shouldn't fuel to run fast. 〔111 慈濟〕

(A) amiable　　　(B) affectional

(C) fallacious　　(D) imminent

答案：C

---

5 **falter** [ˋfɔltɚ] *v.* 蹣跚；動搖；衰退 ❶ ❶

考 Which of the following tells of someone who has **faltered**? 〔中國醫〕

(A) Eric walked boldly into the manager's office.

(B) When the young soldier heard the enemy gunfire, he drew back.

(C) Louise strolled calmly through the graveyard.

(D) Paul was expelled from school because he cheated in the exam.

(E) Joseph swam with determination across the cold lake.

答案：B

🎧 MP3 43

6 **fanatic** [fəˋnætɪk] *adj.* 狂熱的；盲信的 *n.* 狂熱者；盲信者 ❻ ❶ ❶

fanaticism [fəˋnætəˌsɪzəm] *n.* 狂熱；盲信；著迷 ❻

考 Americans with their **fanaticism** for efficiency complained the most about the messiness of English spelling. 〔高醫〕

(A) fascination　　(B) excitement

(C) obsession　　(D) spirit

答案：A

7 **fastidious** [fæs`tɪdɪəs] *adj.* 愛挑剔的；難討好的 ⑥ ⓣ

考 Neurosurgeons have to be very **meticulous** in everything they do because even a tiny error can cause an irrevocable result.【高醫】
(A) rebellious　(B) malicious　(C) indignant
(D) fastidious　(E) cursory
答案：D

考 During the COVID-19 pandemic, Felicity has been particularly _____ about washing her hands before touching food.【111 清華】
(A) facetious　(B) factitious　(C) fallacious
(D) fastidious　(E) fatuous
答案：D

8 **fatigue** [fə`tig] *n.* 疲乏；勞苦 *v.* 使疲勞；疲勞 ⑥ ⓣ ⓘ

考 Compassion _____ is a kind of emotional exhaustion which reduces your ability to empathize or feel compassion for others.【110 義守】
(A) rejuvenation　(B) resurgence
(C) quickening　(D) fatigue
答案：D

9 **feeble** [fibl] *adj.* 虛弱的 ⓣ ⓘ
feebleness [`fiblnɪs] *n.* 虛弱

例 My grandmother has become **feeble** this year.
我的祖母今年身體變得很虛弱。

10 **fiasco** [fɪ`æsko] *n.* 慘敗；可恥的失敗 Ⓖ Ⓣ

考 The collapse of the company was described as the greatest financial **debacle** in US history.【高醫】
(A) asylum　(B) carnage　(C) latitude
(D) fiasco　(E) panorama
答案：D

🎧 MP3 44

11 **flabby** [`flæbɪ] *adj.* (肌肉等) 不結實的；軟弱的 Ⓖ Ⓞ

例 She has become **flabby** recently due to lack of exercise.
她最近因缺乏運動而變得很不結實。

12 **flaccid** [`flæksɪd] *adj.* (肌肉等) 不結實的；軟弱的 Ⓖ Ⓣ
flaccidity [flæk`sɪdɪtɪ] *n.* (肌肉等的) 不結實；軟弱

考 After long periods of hospitalization, patients will find their muscles become **flaccid**.【中國醫】
(A) tough　(B) chubby　(C) flabby　(D) knotted
答案：C

13 **flamboyance** [flæm`bɔɪəns] *n.* 浮誇；浮華
flamboyant [flæm`bɔɪənt] *adj.* 浮誇的；浮華的 Ⓖ Ⓣ

例 He was a nice man, despite his **flamboyance**.
儘管有點浮誇，但他是個好人。

14 **flatulence** [`flætʃələns] *n.* 【醫】腸胃氣脹；自負 Ⓖ

考 Certain foods are common causes of _____. For example, dairy products contain sugar lactose, which causes gastrointestinal gas.【109 義守】

85

(A) flatulence　(B) hemorrhage
(C) vertigo　(D) cramp
答案：A

---

15 **flaunt** [flɔnt] *v.* 誇耀；炫耀 Ⓖ Ⓣ Ⓘ
flaunty [ˋflɔntɪ] *adj.* 誇耀的

例 Don't **flaunt** your wealth in public.
不要在公眾面前炫耀你的財富。

🎧 MP3 45

---

16 **fledge** [flɛdʒ] *v.* 長羽毛；長翅膀

考 The American stock market crisis in 1929 led to a
＿＿＿＿＿ and sustaining memory in the history of
economics.【高醫】
(A) unfledged　(B) unforgivable　(C) unforgettable
(D) unfinished　(E) unforeseen
答案：C

---

17 **focal** [ˋfokl] *adj.* 焦點的；病灶的
focalize [ˋfokl͵aɪz] *v.* 使……聚焦

考 A person with both nearsightedness and
presbyopia usually needs a pair of ＿＿＿＿.
【111 中興】
(A) bindings　(B) bilaterals　(C) bifocals
(D) blizzards　(E) binoculars
答案：C

18 **forbear** [fɔr`bɛr] v. 克制；忍耐

forbearance [fɔr`bɛrəns] n. 克制；忍耐 **Ⓖ**

> 考 **Abstention** from smoking and drinking alcohol is conducive to a healthy body.【高醫】
>
> (A) Dissidence　(B) Obstinacy　(C) Forbearance
> (D) Presentiment　(E) Rigidity
>
> 答案：C

19 **foreground** [`for,graʊnd] n. 前景；最重要的位置

> 例 She talked a great deal in order to keep herself in the **foreground**.
>
> 她說了很多以保持自己在最重要的地位。

20 **forensic** [fə`rɛnsɪk] adj. 法庭的；法醫的；辯論的 **Ⓖ**

forensics [fə`rɛnsɪks] n. 法醫檢驗；辯論學

> 考 ＿＿＿＿＿ medicine is a fairly important branch of medicine which would aid the prosecutor to investigate a criminal case leading to murder, manslaughter, or serious casualties. However, because of its tough working environment, few people are interested in it.【111 中興】
>
> (A) Criminological　(B) Forensic　(C) Convicted
> (D) Judicial　(E) Toxicological
>
> 答案：B

🎧 MP3 46

21 **foresee** [for`si] v. 預見 **❶**

foresight [`for,saɪt] n. 遠見；先見之明 [before + sight]

考 No one can _____ a time when the sort of skills we have accumulated will no longer be in demand.
【111 中山】

(A) invade　　(B) interchange　　(C) foresee

(D) decay　　(E) prolong

答案：C

---

22 **forfeit** [ˈfɔrˌfɪt] v.

(因犯罪、失職等) 喪失 (權利、名譽、生命) **G** **I**

forfeiture [ˈdɔrfɪtʃə] n. (權利、名譽等的) 喪失 **G**

例 He has **forfeited** the right to be the leader of the nation.

他已經失去成為這個國家領袖的權利。

---

23 **fortuitous** [fɔrˈtjuətəs] adj.

幸運的；吉祥的；偶然的 **G** **T**

考 Thanks to a series of **serendipitous** scientific discoveries, we are now enjoying the comfort of modern technology. 【高醫】

(A) egregious　　(B) fortuitous　　(C) insidious

(D) luminous　　(E) ominous

答案：B

---

24 **fortitude** [ˈfɔrtəˌtjud] n. 堅忍；剛毅 **G** **T**

fortitudinous [ˌfɔrtəˈtjudɪnəs] adj. 堅忍的

考 In medieval times, when chivalry was prized, the virtue of _____ was often found to be beautifully portrayed in the form of a knight with a sword.
【111 中國醫】

(A) fortitude   (B) multitude

(C) platitude   (D) turpitude

答案：A

---

25 **fracture** [`fræktʃə] v.
使斷裂；使骨折 n. 骨折；斷裂 ⓖ ⓣ ⓘ

例 She **fractured** both legs in the car accident.

她的雙腿在車禍中骨折。

---

26 **frantic** [`fræntɪk] adj. 狂亂的；憤怒的 ⓖ ⓣ ⓘ

考 **Frantic** parents were told that they had no right to interfere.【中國醫】

(A) considerate   (B) worried

(C) rigorous   (D) responsible

答案：B

📄 **Preview** 字彙總覽

☐ **gallant** 華麗的;艷麗的;雄偉的
☐ **genome**【生】基因組
☐ **genuine** 真正的;名符其實的
☐ **germane** 有密切關係的
☐ **gigantic** 巨大的
☐ **gloat** 心滿意足地注視
☐ **graft** 嫁接;移植(皮膚/骨骼)
☐ **gregarious** 群居性的
☐ **groom** 打扮;使……整潔
☐ **gullible** 易受騙的

1 gallant [ˋgælənt] *adj.* 華麗的；艷麗的；雄偉的 G T

2 genome [ˋdʒiˌnom] *n.* 【生】基因組

3 genuine [ˋdʒɛnjuɪn] *adj.* 真正的；名符其實的 T ①

> 例 She got a **genuine** diamond ring from her boyfriend for her birthday.
> 她因為生日而收到男友送的一枚真正的鑽石戒指。

4 germane [dʒɝˋmen] *adj.* 有密切關係的 G T

> 例 The document is not **germane** to this case.
> 這份文件和這個案子沒有關係。

5 gigantic [dʒaɪˋgæntɪk] *adj.* 巨大的 T ①

> 考 A _____ shopping mall is being put up nearby our town. It will be as large as five baseball fields. 【高醫】
> (A) cyclopaedic　　(B) gigantic
> (C) extortionary　　(D) generous
> (E) impenetrate
> 答案：B

> 考 Which of the following do you think a mosquito would think as most gigantic? 【中國醫】
> (A) A baseball　　(B) A golf ball
> (C) A ping-pong ball　　(D) A basketball
> (E) A tennis ball
> 答案：D

6 **gloat** [glot] v. 心滿意足地注視（與 over 搭配）⑥ ❶

考 After a long and tough campaign, the winners continuously _____ over their victory in the nationwide election. 【109 義守】
(A) mourn　(B) gloat　(C) bait　(D) gear
答案：B

7 **graft** [græft] v. 嫁接；移植（皮膚／骨骼）⑥

例 The surgeon **grafted** the dead man's kidneys into his patient.
外科醫師將死者的腎臟移植到他的病人體內。

考 After the accident, Tom was badly scarred but the plastic surgeon did a marvelous skin _____ and now you can hardly see any trace of it. 【慈濟】
(A) transfer　　(B) change
(C) graft　　　(D) transplant
答案：C

8 **gregarious** [grɪˋgɛrɪəs] adj. 群居性的 ⑥ ❶

考 Rookery is a colony where **gregarious** mammals or birds, such as seals or penguins, gather or breed.
【中國醫】
(A) germane　　(B) marine
(C) endangered　(D) social
(E) omnivorous
答案：D

9 **groom** [grum] *v.* 打扮；使……整潔 G

例 She **groomed** herself for the ball.
她為了舞會而妝扮自己。

10 **gullible** [ˋgʌləbl] *adj.* 易受騙的 G T

考 There are a number of miracle cures on the market
for people _____ enough to buy them. 〔111 慈濟〕
(A) malicious   (B) gullible
(C) revocable   (D) intolerable
答案：B

考 Advertising hype can easily attract **gullible**
consumers. 〔高醫〕
(A) naïve   (B) crisp
(C) credible   (D) competent
(E) plausible
答案：A

Preview 字彙總覽

1 **hallmark** [ˋhɔlˌmɑrk] *n.* 戳記；標誌；特徵

考 Most people with Type 2 diabetes are overweight, and for those who are, many struggle with weight loss in part due to the high insulin levels that go along with insulin resistance, which is the _____ of Type 2 diabetes.【111 慈濟】

(A) hallmark   (B) hostage
(C) hegemony   (D) hydrosphere
答案：A

2 **hallucinogenic** [həˌlusn̩əˋdʒɛnɪk] *adj.* 引起幻覺的

考 The **hallucinogenic** potion made from yahay vine can cause intoxication.【高醫】

(A) supercilious   (B) genetic   (C) imprudent
(D) psychoactive   (E) addictive
答案：D

3 **hamper** [ˋhæmpɚ] *v.* 阻礙；妨礙 🄶 🅣 🄸

考 Drenching rain and seemingly bottomless mud _____ the work of the road construction crew.

【高醫】

(A) improvise   (B) flaunted   (C) designated
(D) perused   (E) hampered
答案：E

4 **hanker** [ˋhæŋkɚ] *v.* 嚮往；渴望

例 He has been **hankering** to become famous.
他一直渴望成名。

5 **haphazard** [ˌhæpˋhæzɚd] *adj.* 隨意的；無計畫的 ❶ ❶

考 John has a **haphazard** working style. It is suffering to work with him.【111 高醫】
(A) deprecatory　(B) depository　(C) declamatory
(D) depilatory　　(E) desultory
答案：E

🎧 MP3 50

6 **hassle** [ˋhæsl] *n.* 激烈辯論；口角；麻煩 ❻

例 Jane has got into a **hassle** with her parents.
珍和她的父母發生了口角。

7 **headstrong** [ˋhɛdˌstrɔŋ] *adj.*
固執的；剛愎的；任性的 ❶ ❶

考 The child was disobedient and **headstrong**, causing the parents great distress.【中國醫】
(A) hard-headed　　(B) willful
(C) compliant　　　(D) absent-minded
答案：B

8 **hearten** [ˋhɑrtn] *v.* 激勵；鼓舞；使振奮

例 The coach tried to **hearten**(up) the players.
教練試圖去激勵球員們。

9 **hegemony** [hɪˋdʒɛmənɪ] *n.* 霸權;領導權 🄖

考 How the rise of book illustration affected the historic **hegemony** of the word is the topic of Yousif's study of the complex relationship between the novelist Balzac and the illustrator, Grandville. 【高醫】
(A) development　(B) authenticity　(C) supremacy
(D) validity　　　(E) epistemology
答案:C

10 **herald** [ˋhɛrəld] *v.* 宣布;通報;預示……的來臨 🄖

考 Three years ago, the shoe factory was **heralded** as a symbol of the positive impact that NATO troops and their battles in Afghanistan were having in local economy. 【中國醫】
(A) boosted　　(B) imposed　　(C) performed
(D) estimated　(E) prefigured
答案:E

🎧 MP3 51

11 **hinder** [ˋhɪndə] *v.* 妨礙;阻礙 🄖 🄣 🄘
hindrance [ˋhɪndrəns] *n.* 妨礙;障礙 🄖

例 He **hindered** her from going out.
他阻止她外出。

The heavy bag was a great **hindrance** to me.
這沉重的袋子對我而言是個妨礙。

12 **hindsight** [ˋhaɪndˏsaɪt] *n.* 後見之明;事後聰明

例 With **hindsight**, I should have gone there earlier.
放個馬後砲,我原本該早些到那裡的。

13 **hyperbolic(al)** [ˌhaɪpɚˋbɑlɪk] *adj.* 雙曲線的；誇張的 ⑥

考 All politicians are prone to provide ＿＿＿＿＿＿
statements that exaggerate the truth.【111 中山】
(A) synthetical　　(B) hyperbolical
(C) parenthetical　(D) symmetrical
(E) arrhythmical
答案：B

14 **hypochondria** [ˌhaɪpɚˋkɑndrɪə] *n.* 憂鬱症；臆想病 ⑥
hypochondriac [ˌhaɪpɚˋkɑndrɪˌæk] *n.* 憂鬱症患者 ⑥

15 **hypnosis** [hɪpˋnosɪs] *n.* 催眠狀態 ⑥
hypnotic [hɪpˋnɑtɪk] *adj.* 催眠的 ⑥
hypnotize [ˋhɪpnəˌtaɪz] *v.* 使催眠 ❶

例 The effect of the rhythmic music can be **hypnotic**.
有韻律的音樂具有催眠效果。

The child gazed at the sight, completely
hypnotized.
那孩子凝視著那景象，完全被催眠似的。

📄 Preview 字彙總覽

☐ **ignite** 使……點燃；著火
☐ **imminent** 迫切的；即將發生的
☐ **imminence** 迫切
☐ **immune** 免疫的；免除的
☐ **immunity** 免疫力；免除
☐ **impeach** 彈劾；檢舉
☐ **impeachment** 彈劾；檢舉
☐ **impeccable** 無懈可擊的；無缺點的
☐ **impeccability** 無罪；無缺點
☐ **impede** 阻止；妨礙；阻礙
☐ **impediment** 妨礙；障礙物
☐ **impermeable** 不透水的；無滲透性的
☐ **impermeability** 不能滲透的性質（或狀態）
☐ **impertinent** 不中肯的；不適合的；傲慢的
☐ **impertinence** 不中肯；不適合；傲慢
☐ **imperturbable** 沉著的；冷靜的
☐ **imperturbability** 沉著；冷靜
☐ **implant** 埋置；【醫】被移植；灌輸
☐ **implantation** 【醫】植入（術）；移植（術）；灌輸

- [ ] **implement** 工具;裝備;手段
- [ ] **improvise** 即興表演;即興創作;臨時提供
- [ ] **incongruity** 不協調;不一致
- [ ] **induce** 引誘;引起;誘導
- [ ] **induction** 入門;誘導;就職
- [ ] **inductive** 引人的;誘導的
- [ ] **infiltrate** 使(液體等)透過;滲透
- [ ] **infiltration** 透過;滲透
- [ ] **infrastructure** 公共建設;基礎建設
- [ ] **infringe** 侵犯;違反
- [ ] **infringement** 侵犯;違反
- [ ] **ingenious** 巧智的;精巧的
- [ ] **ingenuity** 精巧;獨創性;足智多謀
- [ ] **ingenuous** 無邪的;率直的
- [ ] **inoculate**【醫】預防接種
- [ ] **inoculation** 預防接種;【植】接芽
- [ ] **insomnia**【醫】不眠症
- [ ] **insomniac** 不眠症患者
- [ ] **instill** 徐徐滴入;慢慢灌輸
- [ ] **instillation** 慢慢灌輸;滴注
- [ ] **integrity** 誠實;正直
- [ ] **intercede** 仲裁;求情

☐ **intercession** 仲裁；調解
☐ **interior** 內部的；內側的
☐ **internal** 內部的；本質的；國內的
☐ **interrogate** 審問；質問
☐ **interrogation** 審問；質問
☐ **interrogative** 審問的；質問的
☐ **intestine** 腸／內部的；國內的
☐ **intrepid** 勇敢的；無畏的；堅韌不拔的
☐ **intrigue** 陰謀詭計／耍陰謀；使……困惑
☐ **inundate** 浸水；氾濫
☐ **inundation** 淹沒；氾濫
☐ **inundatory** 氾濫的；壓倒性的
☐ **inveterate** 根深蒂固的；頑固的
☐ **inviable** 不能正常生長發育的
☐ **invigorate** 使……精神煥發；激勵
☐ **invigorative** 有精神的；激勵的
☐ **invigoration** 精神煥發；激勵
☐ **irksome** 令人厭煩的

🎧 MP3 52

1 **ignite** [ɪg`naɪt] v. 使……點燃；著火 ⓖ ⓣ ⓘ

> 考 In America, a program that lets users get music free from the Web **has ignited** the first great battle of the Internet Century. 【高醫】
> (A) has started 　　(B) has extinguished
> (C) has increased 　　(D) has decreased
> 答案：A

2 **imminent** [`ɪmənənt] adj. 迫切的；即將發生的 ⓖ ⓣ ⓘ
imminence [`ɪmənəns] n. 迫切 ⓖ

> 考 The company is in **imminent** danger of bankruptcy if nothing drastic is done. 【高醫】
> (A) constant 　　(B) great
> (C) frequent 　　(D) immediate
> 答案：D

> 考 If you say the world will go on getting better, you are considered mad. If you say catastrophe is ＿＿＿＿＿, you may expect the Nobel Peace Prize. I cannot recall a time when I was not being told by somebody that the world could survive only if it abandoned economic growth at once. 【中國醫】
> (A) dichotomy 　　(B) imminent 　　(C) inexplicable
> (D) chronic 　　(E) significant
> 答案：B

3 **immune** [ɪ`mjun] *adj.* 免疫的；免除的 **G T I**
   immunity [ɪ`mjunətɪ] *n.* 免疫力；免除 **G**

考 The question of whether diplomats should be fully
   _____ from criminal prosecution, no matter
   what the alleged crime, is one that is neither new
   nor free from dispute. 【高醫】
   (A) implicit   (B) imminent
   (C) immune   (D) impair
   (E) impress
   答案：C

考 When a person becomes infected with HIV, the
   virus attacks and weakens the _____ system.
   【111 中山】
   (A) digestive   (B) circulatory
   (C) nervous   (D) immune
   (E) cardiovascular
   答案：D

4 **impeach** [ɪm`pitʃ] *v.* 彈劾；檢舉 **G**
   impeachment [ɪm`pitʃmənt] *n.* 彈劾；檢舉

考 Former U.S. President Donald Trump was acquitted
   in his second _____ trial. The Senate voted
   Trump "not guilty" in a 57-43 vote. 【110 慈濟】
   (A) inauguration   (B) impromptu
   (C) indulgent   (D) impeachment
   答案：D

5 **impeccable** [ɪmˋpɛkəbḷ] *adj.*
無懈可擊的;無缺點的 🄖 🅣

impeccability [ɪmˏpɛkəˋbɪlətɪ] *n.* 無罪;無缺點

考 The topic was well-defined and the writing
_____. The instructor found nothing to criticize
in the essay. 【高醫】
(A) impeccable   (B) putative   (C) specious
(D) moribund   (E) ephemeral
答案:A

考 The etiquette expert was celebrated for her
absolutely **impeccable** manners. 【中國醫】
(A) flawless   (B) culpable   (C) impertinent
(D) continuous   (E) complex
答案:A

🎧 MP3 53

6 **impede** [ɪmˋpid] *v.* 阻止;妨礙;阻礙 🄖 🅣 🅘

考 Computer games act as narcotics on children—
mesmerizing them, **stunting** their ability to think,
and displacing such wholesome activities as book
reading and family discussion. 【高醫】
(A) prohibiting   (B) impeding   (C) expediting
(D) compelling   (E) blurring
答案:B

7 **impediment** [ɪmˋpɛdəmənt] *n.* 妨礙;障礙物 🄖

考 The main _____ to development is the country's
gigantic foreign debt. 【高醫】

(A) production   (B) innovation
(C) network   (D) federation
(E) impediment
答案：E

8 **impermeable** [ɪmˋpɝmɪəbl] *adj.*
不透水的；無滲透性的 **G**
impermeability [ɪm,pɝmɪəˋbɪlətɪ] *n.*
不能滲透的性質（或狀態）

例 The passage became entirely **impermeable**.
這通道變得完全防水了。

9 **impertinent** [ɪmˋpɝtṇənt] *adj.*
不中肯的；不適合的；傲慢的 **G** **T**
impertinence [ɪmˋpɝtṇəns] *n.* 不中肯；不適合；傲慢

例 What he is saying seems **impertinent** to the
argument to me.
我認為他所說的似乎跟這個議題不切合。

10 **imperturbable** [,ɪmpɚˋtɝbəbl] *adj.* 沉著的；冷靜的 **G**
imperturbability [ˋɪmpɚ,tɝbəˋbɪlətɪ] *n.* 沉著；冷靜

看 Lane's surgical skill, widely renowned, exhibited
_____ calm at difficulties encountered during
operations.【111 慈濟】
(A) imperturbable   (B) contentious
(C) injudicious   (D) repugnant
答案：A

11 **implant** [ɪmˋplænt] v. 埋置；【醫】被移植；灌輸 G T
implantation [ˌɪmplænˋteʃən] n.【醫】植入（術）；移植（術）；灌輸

例 He **implanted** those beliefs in their minds.
他在他們的腦海中灌輸這些信念。

考 On January 7th David Bennett became the first person to have a heart _____ successfully into him from a pig, though he survived two months only. This kind of procedure is also known as xenotransplantation.【111 中興】

(A) implemented　(B) implicated　(C) imposed
(D) implied　(E) implanted

答案：E

12 **implement** [ˋɪmpləmənt] n. 工具；裝備；手段 G T

例 The store supplies agricultural **implements**.
這家店供應農具。

13 **improvise** [ˋɪmprəvaɪz] v. 即興表演；即興創作；臨時提供 G T I

例 She **improvised** a bandage out of a clean sheet.
她以乾淨的床單充當繃帶。

14 **incongruity** [ˌɪnkɑŋˋgruətɪ] n. 不協調；不一致 G

例 What **incongruities** are these?
這些亂七八糟的東西是什麼？

15 **induce** [ɪn`djus] *v.* 引誘；引起；誘導 🄖 🄣 🄘
induction [ɪn`dʌkʃən] *n.* 入門；誘導；就職 🄖
inductive [ɪn`dʌktɪv] *adj.* 引人的；誘導的

考 Internalized discourse knowledge may _____ the test-takers to make inferences about the content of a passage.【109 中國醫】
(A) blunder　(B) induce　(C) enclose
(D) alleviate　(E) jeopardize
答案：B

🎧 MP3 55

16 **infiltrate** [ɪn`fɪltret] *v.* 使（液體等）透過；滲透 🄖 🄣
infiltration [ˌɪnfɪl`treʃən] *n.* 透過；滲透

考 One of the predicted consequences of global warming is the rising sea levels. This salty seawater will _____ low-lying streams, rivers and underground freshwater aquifers—the sources of drinking water for millions of people worldwide.
【高醫】
(A) infiltrate　(B) outbreak　(C) summarize
(D) undertake　(E) overcome
答案：A

17 **infrastructure** [`ɪnfrəˌstrʌktʃɚ] *n.* 公共建設；基礎建設

考 With the rise of globalization, many rural cities suffered because capital disappeared along with factories and jobs. Revenues shrank, debts mounted, and _____ declined.【109 中國醫】

(A) argument   (B) infrastructure   (C) replication

(D) fracture   (E) referendum

答案：B

考 The _____ plan would involve investment in high-tech manufacturing, clean energy, and transportation systems designed for electric vehicles.【110 高醫】

(A) cyberstructure   (B) infrastructure

(C) microstructure   (D) neurostructure

(E) paleostructure

答案：B

---

18 **infringe** [ɪn`frɪndʒ] *v.* 侵犯；違反 ❺ ❼ ❶

infringement [ɪn`frɪndʒmənt] *n.* 侵犯；違反 ❺

例 They occasionally **infringe** the law by parking near the junction.

他們偶爾會在路口附近違規停車。

---

19 **ingenious** [ɪn`dʒinjəs] *adj.* 巧智的；精巧的 ❺ ❼ ❶

ingenuity [ˌɪndʒə`nuətɪ] *n.* 巧妙；獨創性；足智多謀 ❺

ingenuous [ɪn`dʒɛnjuəs] *adj.* 無邪的；率直的 ❺ ❼

考 _____, often inherent in creative minds, is very highly esteemed in the field of marketing.【高醫】

(A) Incongruity   (B) Ingenuity   (C) Intuition

(D) Integration   (E) Integrity

答案：B

考 With his imaginative mind, he should be able to devise an _____ marketing plan.【高醫】

 (A) ingenious (B) ingenuous

 (C) indifferent (D) ephemeral

答案：A

考 The pyramids illustrate the **ingenuity** of the ancient Egyptians.【高醫】

 (A) cleverness (B) violence (C) tranquility

 (D) peace (E) offense

答案：A

20 **inoculate** [ɪn`ɑkjə,let] v.【醫】預防接種 ❻

inoculation [ɪn,ɑkjə`leʃən] n. 預防接種；【植】接芽 ❻

例 Have you been **inoculated** against tetanus?

你有沒有打破傷風疫苗？

🎧 MP3 56

21 **insomnia** [ɪn`sɑmnɪə] adj.【醫】不眠症 ❻

insomniac [ɪn`sɑmnɪæk] n. 不眠症患者

考 To improve sleep quality, Chinese red dates can help people who have _____ from lack of qi and blood deficiency.【109 義守】

 (A) stroke (B) insomnia (C) halitosis (D) cavity

答案：B

考 I have suffered from _____ for two weeks, and counting sheep does not work at all. Maybe sleeping pill is the only solution now.【111 中山】

 (A) insomnia (B) rabies (C) cholera

 (D) MERS (E) arrhythmia

答案：A

22 **instill** [ɪn`stɪl] *v.* 徐徐滴入;慢慢灌輸 **G**

instillation [ˌɪnstɪ`leʃən] *n.* 慢慢灌輸;滴注

23 **integrity** [ɪn`tɛɡrətɪ] *n.* 誠實;正直 **G T I**

考 If people want to have the courage to meet the demands of reality, they should have _____, a firm adherence to a moral code of completeness.

【111 中興】

(A) intuition　　(B) integration　　(C) integrity
(D) irrigation　　(E) inspection

答案:C

24 **intercede** [ˌɪntɚ`sid] *v.* 仲裁;求情 **G T**

intercession [ˌɪntɚ`sɛʃən] *n.* 仲裁;調解

例 At his wife's **intercession**, he was released from the prison hospital for a few days.

在妻子的求情之下,他得以從監獄的醫院中被放出來幾天。

25 **interior** [ɪn`tɪrɪə] *adj.* 內部的;內側的 **T I**

internal [ɪn`tɝnl] *adj.* 內部的;本質的;國內的 **T**

考 The cell membrane can separate the _____ of all cells from the outside environment (the extracellular space) and protect the cell from its environment.

【111 中山】

(A) package　　(B) waste　　　(C) tunnel
(D) maximum　　(E) interior

答案:E

26 **interrogate** [ɪnˈtɛrəˌget] *v.* 審問;質問 Ⓖ Ⓘ
interrogation [ɪnˌtɛrəˈgeʃən] *n.* 審問;質問
interrogative [ˌɪntəˈrɑgətɪv] *adj.* 審問的;質問的 Ⓖ

考 The suspect was _____ by the police for details
about the crime.【高醫】
(A) arrested　(B) interrogated　(C) speculated
(D) slain　　　(E) persecuted
答案:B

27 **intestine** [ɪnˈtɛstɪn] *n.* 腸　*adj.* 內部的;國內的 Ⓖ

考 The symptoms of mild ginseng overdose include
diarrhea, a disorder in _____.【義守】
(A) prostate　(B) intestines　(C) spine　(D) gall
答案:B

28 **intrepid** [ɪnˈtrɛpɪd] *adj.*
勇敢的;無畏的;堅韌不拔的 Ⓖ Ⓣ

考 The _____ women travelers described in this
book may not have breached the gap between
colonizers and the colonized, but through their
efforts both were changed in the process of their
encounters.【高醫】
(A) cautious　(B) irresolute　(C) flitching
(D) intrepid　(E) imprudent
答案:D

29 intrigue [ˋɪntrɪg] *n.* 陰謀詭計
v. 耍陰謀；使……困惑 **G T I**

例 They are **intriguing** against the government.
他們正密謀反對政府。

---

30 inundate [ˋɪnʌnˏdet] *v.* 浸水；氾濫 **G T I**
[in/und/ate = in/wave/(v.)]
inundation [ˏɪnʌnˋdeʃən] *n.* 淹沒；氾濫 **G**
inundatory [ɪnˋʌndəˏtɔrɪ] *adj.* 氾濫的；壓倒性的

考 The torrential rain has not only caused numerous
houses to be _____ but also brought about
mudslides besides the large-scale flooding.
【111 中山】

(A) liberated   (B) inundated   (C) humidified
(D) perforated   (E) deliberated
答案：B

考 Floodwaters deepened across much of Texas as
storms dumped almost 30 centimeters of rain on
the Houston area, stranding hundreds of motorists
and _____ the famously congested highways.
【高醫】

(A) invigorating   (B) illuminating   (C) inundating
(D) disseminating   (E) facilitating
答案：C

考 The village was **flooded** after the torrential
downpours. 【中國醫】

112

(A) inundated   (B) innovated   (C) erupted

(D) elevated   (E) inoculated

答案：A

🎧 MP3 58

31 **inveterate** [ɪn`vɛtərɪt] *adj.* 根深蒂固的；頑固的 Ⓖ Ⓣ

32 **inviable** [ɪn`vaɪəbl] *adj.* 不能正常生長發育的

考 Some species were made **inviable** because of an inability to establish a cleaning symbiosis.【高醫】

(A) unable to survive   (B) unable to communicate

(C) unable to move   (D) unable to be defeated

答案：A

33 **invigorate** [ɪn`vɪgə.ret] *v.* 使……精神煥發；激勵 Ⓖ

invigorative [ɪn`vɪgə.retɪv] *adj.* 有精神的；激勵的

invigoration [ɪn.vɪgə`reʃən] *n.* 精神煥發；激勵

例 His confidence **invigorated** his followers.

他的自信心鼓舞了他的支持者們。

The air here is **invigorating**.

這裡的空氣使人精神煥發。

34 **irksome** [`ɜksəm] *adj.* 令人厭煩的 Ⓖ Ⓣ

考 I read *The New York Times* regularly and find the incorrect reports and information rather annoying and _____.【111 中國醫】

(A) retiring   (B) potential

(C) divine   (D) irksome

答案：D

📄 **Preview** 字彙總覽

🎧 MP3 59

1 **jerk** [dʒɝk] *v.* 把……猛地一拉 (或一推，一扭，一扔等)；抽蓄 ⑤ ❶ ❶

  例 He **jerked** the window open.
  他用力將窗戶拉開。

2 **juxtapose** [ˌdʒʌkstə`poz] *v.* 將……並列 ⑤ ❶
  juxtaposition [ˌdʒʌkstəpə`zɪʃən] *n.* 並列；並置 ⑤

  例 The twins stood in **juxtaposition** for their pictures.
  這對雙胞胎並排著拍照。

3 **lag** [læg] *v.* 落後；延遲 ❶ ❶

  考 Trying to get around almost any Latin American
  capital has become more time-consuming in the
  past decade. There are millions more cars, but
  investing in roads and public transport has _____
  behind. 【高醫】
  (A) lagged　　(B) legged　　(C) leagued
  (D) liquored　　(E) lingered
  答案：A

4 **languid** [`læŋgwɪd] *adj.* 倦怠的；軟弱無力的 ⑤ ❶ ❶

  例 The illness made him feel **languid**.
  這種疾病使他感覺虛弱無力。

115

5 **lateral** [ˋlætərəl] *adj.* 側面的；橫向的 ❶

  bilateral [baɪˋlætərəl] *adj.* 雙邊的；左右對稱的 ❶

🎧 MP3 60

6 **lavish** [ˋlævɪʃ] *adj.* 慷慨的；奢侈的；大量的 ❶ ❶

  例 She is **lavish** in her gifts.

  她送禮很大方。

7 **legitimate** [lɪˋdʒɪtəmɪt] *adj.* 合法的；正當的 ❻ ❶ ❶

  legitimacy [lɪˋdʒɪtəməsɪ] *n.* 合法性；正當性

  legitimize [lɪˋdʒɪtəˏmaɪz] *v.* 使合法；承認；批准

  考 The apartheid state invested significant energy in
    _____ racial discrimination by projecting the idea
    that the codification of racism was not only
    acceptable but also just. 【111 清華】
    (A) debunking   (B) delegating
    (C) struggling   (D) legitimizing
    (E) teasing
    答案：D

8 **lethargic** [lɪˋθɑrdʒɪk] *adj.* 瞌睡的；愛睡的

  考 Certain physical ailments can cause the patient to
    become overly **lethargic**. 【中國醫】
    (A) amorphous   (B) despondent
    (C) sluggish   (D) ridiculous
    答案：C

9 **leverage** [`lɛvərɪdʒ] v. 使負債；發揮重要功效 n. 槓桿作用；手段

考 We can gain a market advantage by _____ our network of partners. 【109 高醫】
(A) admonishing (B) deviating
(C) leveraging (D) procrastinating
(E) upbraiding
答案：C

10 **lucrative** [`lukrətɪv] adj. 賺大錢的；有利可圖的 G T I

考 Digital gaming is one of the most _____ markets for entertainment companies in recent years, especially the fast-expanding mobile gaming market. 【111 中山】
(A) lucrative (B) factitious
(C) performance (D) celebratory
(E) static
答案：A

Preview 字彙總覽

☐ **magnitude** 巨大；重大；震級
☐ **malice** 惡意；怨恨
☐ **malicious** 惡毒的
☐ **malevolent** 有惡意的
☐ **malignant** 有害的；惡性的
☐ **maneuver**（部隊等的）調動；機動；策略
☐ **maniac** 發狂的；狂熱的／狂熱分子
☐ ***dipsomaniac** 嗜酒狂
☐ ***kleptomaniac** 有竊盜癖的人
☐ ***pyromaniac** 縱火狂
☐ **melancholy** 憂鬱／憂鬱的
☐ **menace** 威脅
☐ **mercury** 水星；汞
☐ **mercurial** 易變的；反覆無常的
☐ **meticulous** 過分精細的；小心翼翼的
☐ **microbe** 微生物；細菌
☐ **microprocessor**【電腦】微處理器
☐ **mileage** 總英里數；運費

□ **mirth** 高興；歡笑

□ **mirthful** 高興的；充滿歡笑的

□ **mirthless** 不高興的；悲傷的

□ **misappropriate** 侵占；盜用

□ **misappropriation** 侵占；盜用

□ **miscellaneous** 混雜的；各種各樣的；多才多藝的

□ **misgive** 使不安；使擔心

□ **misgiving** 不安；憂慮

□ **mitigate** 使……緩和；減輕

□ **mitigation** 緩和；減輕

□ **mitigative** 緩和的；減輕的

□ **mollify** 減輕；緩和

□ **mollification** 撫慰；緩和

□ **morass** 沼澤；低窪溼地

□ **moribund** 垂死的

□ **mount** 登上；爬上

□ **muddle** 使……混合；弄糟；使……糊塗

□ **mundane** 世俗的；平凡的；乏味的

□ **myriad** 無數的；大量的

🎧 MP3 61

1 **magnitude** [`mægnə‚tjud] *n.* 巨大；重大；震級 **G I**

考 The 2011 Tohoku earthquake was a _____ 9.0 undersea megathrust earthquake off the coast of Japan.【慈濟】

(A) epicenter (B) magnitude

(C) scale (D) degree

答案：B

2 **malice** [`mælɪs] *n.* 惡意；怨恨 **G T I**
malicious [mə`lɪʃəs] *adj.* 惡毒的 **G T**
malevolent [mə`lɛvələnt] *adj.* 有惡意的 **G T**

考 The ex-prisoner holding a knife stared at the old man with _____ gaze.【110 慈濟】

(A) malevolent (B) equivalent

(C) prevalent (D) succulent

答案：A

3 **malignant** [mə`lɪgnənt] *adj.* 有害的；惡性的 **G T I**

考 A major factor in the growth of tumors is environmental carcinogens, which can lead to various _____ conditions.【義守】

(A) malignant (B) ravening

(C) impeccable (D) puerile

答案：A

4 **maneuver** [məˋnuvə] *n.* (部隊等的) 調動；機動；策略 Ⓖ Ⓣ Ⓘ

5 **maniac** [ˋmenɪˌæk] *adj.* 發狂的；狂熱的 *n.* 狂熱分子 Ⓣ Ⓘ
dipsomaniac [ˌdɪpsəˋmenɪˌæk] *n.* 嗜酒狂
kleptomaniac [ˌklɛptəˋmenɪæk] *n.* 有竊盜癖的人
pyromaniac [ˌpaɪrəˋmenɪˌæk] *n.* 縱火狂

6 **melancholy** [ˋmɛlənˌkɑlɪ] *n.* 憂鬱 *adj.* 憂鬱的 Ⓣ Ⓘ

例 When he left, she sank into **melancholy**.
當他離開時，她陷入了憂鬱。

🎧 MP3 62

7 **menace** [ˋmɛnɪs] *n.* 威脅 Ⓖ Ⓣ Ⓘ

考 This serial killer has not been caught and thus become a public **menace** to our community.
【109 高醫】
(A) initiation　　(B) intimidation　　(C) intimacy
(D) inplantation　　(E) immersion
答案：B

考 The cause of the unexplained **menace** to planes and ships within this area is as mysterious as ever.
【中國醫】
(A) impact　　(B) fear　　(C) behavior　　(D) threat
答案：D

8 **mercury** [ˋmɝkjərɪ] *n.* 水星；汞

mercurial [mɝˋkjʊrɪəl] *adj.* 易變的；反覆無常的 **G**

考 The **capricious** nature of the virus has profoundly prolonged the development of the vaccine. 【高醫】
(A) mercurial　(B) notable　(C) prospective
(D) subtle　(E) tangible
答案：A

9 **meticulous** [məˋtɪkjələs] *adj.*
過分精細的；小心翼翼的 **G T I**

考 Neurosurgeons have to be very **meticulous** in everything they do because even a tiny error can cause an irrevocable result. 【109 高醫】
(A) rebellious　(B) malicious　(C) indignant
(D) fastidious　(E) cursory
答案：D

10 **microbe** [ˋmaɪkrob] *n.* 微生物；細菌 **G I**

例 **Microbes** are tiny organisms that exist everywhere but that you can only see by using a microscope.
微生物是到處都存在的微有機體，你只能以顯微鏡才看得到。

11 **microprocessor** [ˏmaɪkroˋprɑsɛsə] *n.*【電腦】微處理器

🎧 MP3 63

12 **mileage** [ˋmaɪlɪdʒ] *n.* 總英里數；運費

例 Jack just bought a used car with a small **mileage**.
傑克剛剛買了一部里程數很低的二手車。

13 **mirth** [mɜθ] *n.* 高興；歡笑 **G**

mirthful [ˋmɜθfəl] *adj.* 高興的；充滿歡笑的

mirthless [ˋmɜθlɪs] *adj.* 不高興的；悲傷的

例 Their anger gave place to **mirth**.

歡笑取代了他們的憤怒。

14 **misappropriate** [ˏmɪsəˋproprɪˏet] *v.* 侵占；盜用 **❶**

misappropriation [ˏmɪsəˏproprɪˋeʃən] *n.* 侵占；盜用

例 If someone **misappropriates** money which does not belong to them, they take it without permission and use it for their own purpose.

如果有人挪用不屬於他們的錢，他們是在未經允許的情況下用在私人的目的。

15 **miscellaneous** [ˏmɪsɪˋlenjəs] *adj.* 混雜的；各種各樣的；多才多藝的 **G ❶**

例 She has a **miscellaneous** talent. 她多才又多藝。

16 **misgive** [mɪsˋgɪv] *v.* 使不安；使擔心

misgiving [mɪsˋgɪvɪŋ] *n.* 不安；憂慮 **❶**

例 She has deep **misgivings** about taking the job.

關於承接這份工作，她深感不安。

🎧 MP3 64

17 **mitigate** [ˋmɪtəˏget] *v.* 使……緩和；減輕 **G ❶ ❶**

mitigation [ˏmɪtəˋgeʃən] *n.* 緩和；減輕

mitigative [ˋmɪtəˏgetɪv] *adj.* 緩和的；減輕的

考 This medicine should _____ the pain until the strained muscle heals itself. 【中國醫】
(A) aggravate (B) complicate
(C) worsen (D) mitigate
(E) extinguish
答案：D

---

18 **mollify** [ˋmɑləˌfaɪ] v. 減輕；緩和 ⑥ ⓣ
mollification [ˌmɑləfɪˋkeʃən] n. 撫慰；緩和

例 He tried to **mollify** her sorrow.
他嘗試緩和她的悲傷。

---

19 **morass** [məˋræs] n. 沼澤；低窪溼地 ⑥ ⓣ

考 The _____ of the regulations makes the start of our project impossible. We need further clarification. 【111 高醫】
(A) morale (B) morality
(C) morpheme (D) morass
(E) mortgage
答案：D

---

20 **moribund** [ˋmɔrəˌbʌnd] adj. 垂死的 ⑥ ⓣ

---

21 **mount** [maʊnt] v. 登上；爬上 ⓣ

例 He **mounted** the platform and began to speak.
他走上台，並開始說話。

22 **muddle** [ˋmʌdl] v.

使……混合；弄糟；使……糊塗 **G T I**

> 考 European leaders are trying to sort out the
> worsening **muddle** of financial problems. 【中國醫】
> (A) match　　(B) mess　　(C) middle
> (D) myth　　(E) means
> 答案：B

23 **mundane** [ˋmʌnden] *adj.*

世俗的；平凡的；乏味的 **G T I**

> 例 Mary wanted to leave all the **mundane** affairs
> behind and live in the temple.
> 瑪莉想要拋下一切俗事住在寺廟裡。

24 **myriad** [ˋmɪrɪəd] *adj.* 無數的；大量的 **G I**

*a myriad of (myriads of) + 複數名詞（許多……）

📄 Preview 字彙總覽

☐ **nadir** 最低點;深淵
☐ **nebulous** 朦朧的;模糊的
☐ **nestle** 依偎;舒適地安頓下來
☐ **nostalgia** 鄉愁
☐ **nostalgic** 思鄉的;懷舊的
☐ **noxious** 討厭的;有害的;有毒的
☐ **nuance**(色調,音調,意義,見解等的)細微差異
☐ **nudge** 使……注意;以肘輕推(以引起注意)
☐ **nurture** 培育;養育
☐ **nurturance** 撫養;關愛
☐ **nutshell** 堅果的外殼;小東西

🎧 MP3 65

1 **nadir** [ˋnedɚ] *n.* 最低點；深淵 🄖 🄣

考 The defeat ten years ago was definitely the **rock-bottom** of Ashley's career, and it took her a long time to recover from the business failure. 〔111 高醫〕

(A) zenith　　(B) pinnacle　(C) summit

(D) nadir　　(E) tyro

答案：D

2 **nebulous** [ˋnɛbjələs] *adj.* 朦朧的；模糊的 🄖

考 The boss made it clear that she wanted a clear and organized proposal, not a(n) ＿＿＿＿ one. 〔111 高醫〕

(A) chronic　　(B) intrinsic　(C) nebulous

(D) proficient　(E) receptive

答案：C

3 **nestle** [ˋnɛsl] *v.* 依偎；舒適地安頓下來

例 They **nestle** together on the sofa.

他們一起依偎在沙發上。

4 **nostalgia** [nɑsˋtældʒɪə] *n.* 鄉愁 🄖 🄣 🄘

nostalgic [nɑsˋtældʒɪk] *adj.* 思鄉的；懷舊的

考 A wave of ＿＿＿＿ overcame me when the old song, Yesterday Once More, came on the radio; hearing it took me back to 1977. 〔高醫〕

(A) utopia   (B) nostalgia   (C) aphasia

(D) hypochondria   (E) insomnia

答案：B

---

5 **noxious** [ˋnɑkʃəs] *adj.* 討厭的；有害的；有毒的 ⑥ ⓣ ❶

考 Smog may contain **noxious** elements, and may be a factor causing lung cancer.【高醫】

(A) smelly   (B) contaminating

(C) unwholesome   (D) repulsive

答案：C

---

6 **nuance** [njuˋɑns] *n.* (色調，音調，意義，見解等的) 細微差異 ⑥ ⓣ ❶

考 A good translator like Tracy Lim recreates the **nuances** and tonality of the works in their mother tongue.【111 高醫】

(A) mixtures   (B) niceties   (C) priorities

(D) rattles   (E) segments

答案：B

---

7 **nudge** [nʌdʒ] *v.*

使……注意；以肘輕推 (以引起注意) ⑥ ⓣ

考 Though the school repeatedly threatened to use its authority in order to _____ student protestors into submission, these students refused to be intimidated.【慈濟】

(A) persuade   (B) cheer   (C) deluge   (D) nudge

答案：D

8 **nurture** [ˋnɝtʃə] *v.* 培育；養育 ❶ ❶
nurturance [ˋnɝtʃərəns] *n.* 撫養；關愛

9 **nutshell** [ˋnʌtˌʃɛl] *n.* 堅果的外殼；小東西

考 In a(n) _____, prompt and effective action must
be taken to deal with a number of serious
problems, now, in order to avoid disaster. 【高醫】
(A) nutshell　(B) significance　(C) outcome
(D) resource　(E) choice
答案：A

Preview 字彙總覽

- [ ] **orthodoxy** 傳統；正統
- [ ] **ostentatious** 豪華的；鋪張的
- [ ] **ostracize** 放逐；排斥
- [ ] **outage** 運行中斷
- [ ] **outcry** 喊叫；強烈的抗議
- [ ] **outrage** 粗暴；憤怒
- [ ] **outrageous** 殘暴的；可憎的

1 **obfuscate** [ab`fʌsket] *v.* 使……混亂；使……模糊 ❻
obfuscation [ˌɑbfʌs`keʃən] *n.* 混亂；模糊

例 The small facts could not be ignored without **obfuscating** the main dramatic purpose.
這些微不足道的事實被忽略掉將會模糊主要的目的。

2 **obliterate** [ə`blɪtəˌret] *v.* 忘卻；抹滅 ❻ ❶

考 Everything that happened that day was **obliterated** from his memory. 【110 高醫】
(A) fabricated　(B) expunged　(C) revamped
(D) preserved　(E) mended
答案：B

3 **oblivious** [ə`blɪvɪəs] *adj.* 不注意的；健忘的 ❻ ❶ ❶
obliviousness [ə`blɪvɪəsnɪs] *n.* 不注意；健忘

例 Mother has become quite **oblivious** after the illness.
母親生病後變得相當健忘。

4 **obnoxious** [əb`nakʃəs] *adj.*
令人不快的；討厭的 ❻ ❶ ❶
obnoxiousness [əb`nakʃəsnəs] *n.* 討厭；可憎

考 The waiter was fired from the restaurant after customers complained that he was _____ towards them. 【111 義守】

(A) obnoxious　　　(B) obscure
(C) commodious　　(D) courteous

答案：A

---

5 **obscure** [əb`skjʊr] *adj.* 不清楚的；難解的 ⓖ ⓣ ❶
obscurity [əb`skjʊrətɪ] *n.* 陰暗；含糊；卑微者 ⓖ

例 His motives are **obscure**.
他的動機不明

🎧 MP3 67

---

6 **obtrusive** [əb`trusɪv] *adj.* 強迫人的；冒失的 ⓖ ⓣ

---

7 **obviate** [`ɑbvɪ,et] *v.* 消除；排除 ⓖ
obviation [,ɑbvɪ`eʃən] *n.* 消除；排除

考 Laser surgery for near-sightedness **obviates** the
need for wearing glasses.【高醫】
(A) precipitates　(B) precludes　(C) precedes
(D) predicates　　(E) preordains

答案：B

---

8 **omnivore** [`ɑmnə,vɔr] *n.* 雜食動物
omnivorous [ɑm`nɪvərəs] *adj.* 無所不吃的 ⓖ

---

9 **onslaught** [`ɑn,slɔt] *n.* 突擊；猛攻 (+ on) ⓖ

例 The politician made a violent **onslaught** on the
unions.
這名政客對工會做出猛烈的攻擊。

10 **optimal** [ˋɑptəməl] *adj.* 最理想的 **T**
  optimum [ˋɑptəməm] *adj.* 最佳的 **G I**

11 **orthodox** [ˋɔrθəˌdɑks] *adj.* 傳統的；正統的 **G I**
  orthodoxy [ˋɔrθəˌdɑksɪ] *n.* 傳統；正統 **G**

考 Because it is a new democracy tiptoeing into the free market, its policymakers are free to try _____ ideas without being burdened by the legacy of how things were done before. 【111 清華】
(A) legendary　　(B) fleeting　　(C) painful
(D) unorthodox　　(E) archaic
答案：D

12 **ostentatious** [ˌɑstɛnˋteʃəs] *adj.* 豪華的；鋪張的

考 His way of life may seem a bit **ostentatious**, but his energy and enthusiasm is infectious, and there is nothing snobbish or contemptible about him. 【高醫】
(A) flamboyant　　(B) insufficient　　(C) indigent
(D) understandable　　(E) conservative
答案：A

13 **ostracize** [ˋɑstrəˌsaɪz] *v.* 放逐；排斥 **G**

例 Their children were **ostracized** by their classmates.
他們的孩子被同學排擠。

14 **outage** [ˋautɪdʒ] *n.* 運行中斷

考 The nationwide power _____ that hit Taiwan in early March was caused by a malfunction of its power grid system.【111 高醫】
(A) outage　　(B) outrage　　(C) outburst
(D) outlook　　(E) outbreak
答案：A

15 **outcry** [ˋaut͵kraɪ] *n.* 喊叫；強烈的抗議 **❶**

考 I went to the window to see what the sudden **outcry** from the street below was about.【中國醫】
(A) howling　　(B) chirping　　(C) barking
(D) clashing　　(E) fighting
答案：A

16 **outrage** [ˋaut͵redʒ] *n.* 粗暴；憤怒 **❻ ❶**
outrageous [autˋredʒəs] *adj.* 殘暴的；可憎的 **❻ ❶ ❶**

例 Michael Jackson provoked **outrage** by dangling his youngest child from the four-floor balcony of a hotel window.
邁可‧傑克森因從旅館四樓的窗台擺盪他最小的孩子而引起眾怒。

Preview 字彙總覽

☐ **panacea** 萬能藥;補救之道
☐ **panorama** 全景圖;全貌
☐ **paraphernalia** 各種物件、器材
☐ **passible** 敏感的;易感動的
☐ **pathogen** 病原體
☐ **paucity** 缺乏;少量
☐ **pejorative** 輕蔑的;貶抑的
☐ **pejoration** 惡化
☐ **perennial** 終年的;長期的
☐ **peripatetic** 漫遊的;流動的
☐ **peripheral** 周圍的;外圍的
☐ **permeate** 滲透;瀰漫
☐ **permeation** 滲透性;瀰漫
☐ **perpetrate** 犯(罪);做(壞事)
☐ **perpetration** 犯罪;做壞事
☐ **perpetrator** 犯罪者
☐ **perpetual** 永久的;終身的
☐ **perpetuation** 永存;不朽
☐ **perplex** 使困惑;使茫然

- [ ] **perplexity** 困惑；茫然
- [ ] **petulant** 任性的；壞脾氣的
- [ ] **pharmacy** 配藥學；藥局
- [ ] **pharmaceutic** 製藥的；配藥學的
- [ ] **pharmaceutical** 藥的；配藥的
- [ ] **pinnacle** 頂點；尖塔
- [ ] **pivotal** 樞軸的；重要的
- [ ] **plagiarism** 抄襲；剽竊
- [ ] **plagiaris(z)e** 抄襲；剽竊
- [ ] **platitude** 平凡；陳腐；陳腔濫調
- [ ] **pleat** 褶
- [ ] **plunder** 掠奪；搶劫
- [ ] **plunge** 刺入；陷入；急降
- [ ] **polemical** 好爭論的
- [ ] **porous** 多孔的；能滲水的
- [ ] **postulate** 假設
- [ ] **practitioner** 開業者；實踐者
- [ ] **pragmatic** 務實的；實用主義的
- [ ] **pragmatism** 實用主義
- [ ] **precipitate** 使……突然發生；加速；促使
- [ ] **precipitation** 猛然落下；急躁；促成
- [ ] **preclude** 排除；妨礙；杜絕
- [ ] **preclusion** 排除；妨礙；杜絕

- [ ] **preclusive** 除外的；不可能的
- [ ] **predicament** 尷尬的處境；困境
- [ ] **predispose** 使……預先有傾向（或意向）
- [ ] **predisposed** 先有傾向的；先有意向的
- [ ] **predisposition** 傾向；素質
- [ ] **preordain** 預定；注定
- [ ] **preponderance**（數量上的）優勢；優越
- [ ] **preponderant** 突出的；優越的
- [ ] **preposterous** 十分荒謬的；可笑的
- [ ] **prerequisite** 事先需要的；先修的
- [ ] **presentiment**（不祥的）預感
- [ ] **prevail** 勝過；流行
- [ ] **prevailing** 流行的；佔優勢的
- [ ] **prevalent** 流行的；盛行的
- [ ] **probate** 檢驗；查驗
- [ ] **probation** 檢驗；鑑定；試用
- [ ] **probationary** 實習中的；試用的
- [ ] **proclivity** 性向；傾向；氣質
- [ ] **procrastinate** 拖延；耽擱
- [ ] **procrastination** 延遲
- [ ] **prodigal** 揮霍的；非常浪費的
- [ ] **prodigious** 巨大的；驚人的；異常的
- [ ] **prodigy** 奇事；奇蹟；奇才

- **proliferate** 【生】（使）增殖；（使）激增；（使）擴散

- **proliferation** 【生】增殖；激增；擴散

- **prolific** 多產的

- **promiscuity** 混亂；雜交

- **promiscuous** 混亂的；雜交的

- **promulgate** 公布；廣傳

- **propagate** 繁殖；傳播；使……普及

- **propagation** 繁殖；增殖；傳播

- **propensity**（性格上的）傾向；習性

- **provoke** 激怒；對……挑釁

- **provocation** 激怒；挑釁

- **provocative** 挑撥的；先發制人的

- **prowess** 英勇；無畏

- **psychiatry** 精神病學

- **psychiatrist** 精神病學家

- **psychoactive**（藥物）對心理及精神有顯著影響的

- **pummel**（用拳頭）連續擊打

- **putative** 想像的；傳說的；推定的

- **putrefy**（使）化膿；（使）腐敗；（使）墮落

- **quaff** 狂飲；大口地喝

- **quandary** 困惑；為難；窘境

- **quarantine** 使隔離；使受檢疫

- **quell** 壓制；平息

1 **panacea** [ˌpænəˋsɪə] *n.* 萬能藥；補救之道 **G** **T**

   考 The benefits of ginseng were first documented during China's Liang Dynasty. Early emperors used to use it as a _____ to cure any illness. 【義守】
   (A) panacea   (B) pancreas
   (C) pinnacle   (D) peninsula
   答案：A

2 **panorama** [ˌpænəˋræmə] *n.* 全景圖；全貌 **G** **T** **I**

   例 By studying this book, I got the **panorama** of Chinese history.
   藉由研讀此書，我看到了中國歷史的全貌。

3 **paraphernalia** [ˌpærəfəˋnelɪə] *n.* 各種物件、器材 **I**

   考 If someone is suspected for taking or making drugs, some items in his room can be easily identified as drug-related _____. 【109 義守】
   (A) parasol   (B) paraphernalia
   (C) parachute   (D) parasite
   答案：B

4 **passible** [ˋpæsəbl] *adj.* 敏感的；易感動的
   反義 **impassible** [ɪmˋpæsəbl] *adj.* 不覺痛苦的

5 **pathogen** [ˋpæθədʒən] *n.* 病原體

　考 The progression of the viral infection is consistent
　　with the recent report on the _____. 【111 中山】
　　(A) psychology　　(B) defibrillator　　(C) carcinogen
　　(D) decimation　　(E) pathogen
　　答案：E

　考 A report newly released estimates that food
　　_____ cause $14 billion in medical costs and
　　lost wages in the United States yearly. 【高醫】
　　(A) genomes　　(B) microbes　　(C) genes
　　(D) pathogens　　(E) organisms
　　答案：D

🎧 MP3 70

6 **paucity** [ˋpɔsətɪ] *n.* 缺乏；少量 🄖

　考 There is a **paucity** of information on the
　　ingredients of many cosmetics. 【110 高醫】
　　(A) dearth　　　　(B) elasticity　　(C) interim
　　(D) plateau　　　(E) tabloid
　　答案：A

7 **pejorative** [pɪˋdʒɔrətɪv] *adj.* 輕蔑的；貶抑的 🄖 🅣
　pejoration [ˌpidʒəˋreʃən] *n.* 惡化

　考 As time goes by, sometimes a word may be used in
　　a **pejorative** sense. 【高醫】
　　(A) disparaging　　(B) cliché　　(C) new
　　(D) predictable　　(E) difficult
　　答案：A

8 **perennial** [pəˋrɛnɪəl] *adj.* 終年的;長期的 **G T I**

9 **peripatetic** [͵pɛrəpəˋtɛtɪk] *adj.* 漫遊的;流動的 **G**

> 考 A prodigiously talented and _____ chef, Alice always travels from place to place in the city to find inspiration.【111 高醫】
> (A) pejorative　(B) penurious　(C) perilous
> (D) peripatetic　(E) petrifying
> 答案:D

10 **peripheral** [pəˋrɪfərəl] *adj.* 周圍的;外圍的 **G**

> 考 If we focus too much on **peripheral** issues, we will lose sight of the goal.【110 高醫】
> (A) arduous　(B) immediate　(C) trivial
> (D) previous　(E) tedious
> 答案:C

🎧 MP3 71

11 **permeate** [ˋpɝmɪ͵et] *v.* 滲透;瀰漫 **G T I**
　permeation [pɝmɪˋeʃən] *n.* 滲透性;瀰漫

> 考 Our sexuality _____ every sphere of our lives, and our cultures determine its shades of tolerance and acceptance.【高醫】
> (A) permeates　(B) permits　(C) preserves
> (D) presumes　(E) predicts
> 答案:A

12 **perpetrate** [`pɜpə,tret] *v.* 犯（罪）；做（壞事） Ⓖ
perpetration [,pɜpə`treʃən] *n.* 犯罪；做壞事
perpetrator [,pɜpə`tretə] *n.* 犯罪者

考 The Philippines should make a formal apology,
compensate for the losses, punish the
perpetrators, and initiate negotiations on a
fisheries agreement as soon as possible.【高醫】
(A) offenders　(B) organizers　(C) administrators
(D) fishermen　(E) founders
答案：A

13 **perpetual** [pə`pɛtʃʊəl] *adj.* 永久的；終身的 ❶ ❶
perpetuation [pə,pɛtʃʊ`eʃən] *n.* 永存；不朽

考 He was an immature jerk who seemed to be in a
state of **perpetual** adolescence.【中國醫】
(A) discontinuous　(B) rising　(C) falling
(D) everlasting　(E) weak
答案：D

14 **perplex** [pə`plɛks] *v.* 使困惑；使茫然
perplexity [pə`plɛksɪtɪ] *n.* 困惑；茫然

考 When the two universities to which Lisa had
applied accepted her, she had no direction and was
in ＿＿＿＿ as to which one she should attend.
【110 高醫】
(A) perplexity　(B) assurance　(C) placidity
(D) tranquility　(E) quietude
答案：A

[15] **petulant** [ˋpɛtʃələnt] *adj.* 任性的；壞脾氣的 Ⓖ Ⓣ

考 After the flight, Steve came to make amends, but Amanda, feeling _____ and sulky, chose to ignore him. 【中國醫】

(A) indigenous　(B) sparse　(C) petulant

(D) colloquial　(E) dormant

答案：C

🎧 MP3 72

[16] **pharmacy** [ˋfɑrməsɪ] *n.* 配藥學；藥局 Ⓘ

pharmaceutic [fɑrməˋsjutɪk] *adj.* 製藥的；配藥學的

pharmaceutical [ˌfɑrməˋsjutɪkl] *adj.*
藥的；配藥的 Ⓖ Ⓘ

考 _____ companies should develop new vaccines to target the new prevalent strain of the pandemic instead of lobbying governments to make people take multiple boosters of the old, ineffective ones.
【111 中山】

(A) Retail　(B) Pharmaceutical　(C) Logistic

(D) Start-up　(E) Investment

答案：B

[17] **pinnacle** [ˋpɪnəkl] *n.* 頂點；尖塔 Ⓖ Ⓣ Ⓘ

考 This film marked the **pinnacle** of her acting career.
【110 高醫】

(A) artifact　(B) caveat　(C) heyday

(D) impunity　(E) reverence

答案：C

18 **pivotal** [ˈpɪvət!] *adj.* 樞軸的;重要的

例 She played a **pivotal** role in the formation of the club.
她在社團的組成中扮演了重要的角色。

19 **plagiarism** [ˈpledʒə͵rɪzəm] *n.* 抄襲;剽竊 **G**
plagiaris(z)e [ˈpledʒəraɪz] *v.* 抄襲;剽竊

考 The professor is filing charges of _____ against
the writer who took several pages from her book
and reprinted them as his own work. 【慈濟】
(A) extortion　　(B) plagiarism
(C) confrontation　　(D) euphemism
答案:B

20 **platitude** [ˈplætə͵tjud] *n.* 平凡;陳腐;陳腔濫調 **G** **I**

🎧 MP3 73

21 **pleat** [plit] *n.* 褶 **G**

22 **plunder** [ˈplʌndə] *v.* 掠奪;搶劫 **G** **T** **I**

例 They accused him of **plundering** the public treasury.
他們控告他侵占公款。

23 **plunge** [plʌndʒ] *v.* 刺入;陷入;急降 **T** **I**

例 She **plunged** deep into thought.
她陷入沉思。

考 We hadn't realized that there would be a power cut
so were astonished when the whole house was

_____ into darkness. 【慈濟】

(A) dived   (B) drowned

(C) plunged   (D) dredged

答案：C

---

24 **polemical** [pə`lɛmɪkəl] *adj.* 好爭論的 (= polemic) Ⓖ

考 Whether same-sex marriage should be legalized is a **polemical** issue. 【中國醫】

(A) uncontroversial   (B) disputatious   (C) natural

(D) conventional   (E) powerful

答案：B

---

25 **porous** [`porəs] *adj.* 多孔的；能滲水的 Ⓖ

考 While WHO is confident that Liberia has interrupted transmission of Ebola, outbreak persist in neighboring Guinea and Sierra Leone, creating a high risk that infected people may cross into Liberia over the region's exceptionally _____ borders. 【高醫】

(A) impermeable   (B) tight   (C) overpassing

(D) porous   (E) inapproachable

答案：D

🎧 MP3 74

---

26 **postulate** [`pɑstʃə,let] *v.* 假設 Ⓖ

考 The theory _____ two reasons for the spread of the disease. 【110 高醫】

(A) perishes   (B) perspires   (C) postpones

(D) postulates   (E) precipitates

答案：D

27 **practitioner** [præk`tɪʃənə] *n.* 開業者；實踐者 ❶

28 **pragmatic** [præg`mætɪk] *adj.* 務實的；實用主義的 ❻ ❶
pragmatism [`prægmə,tɪzəm] *n.* 實用主義 ❻

29 **precipitate** [prɪ`sɪpə,tet] *v.*
使……突然發生；加速；促使 ❻ ❶ ❶
precipitation [prɪ,sɪpɪ`teʃən] *n.*
猛然落下；急躁；促成 ❻ ❶

例 The situation in the Middle East **precipitated** an
international crisis.
中東的情勢突然造成國際危機。

30 **preclude** [prɪ`klud] *v.* 排除；妨礙；杜絕 ❻ ❶
preclusion [prɪ`kluʒən] *n.* 排除；妨礙；杜絕
preclusive [prɪ`klusɪv] *adj.* 除外的；不可能的

例 I hope my explanation will **preclude** any possibility
of misunderstanding.
我希望我的解釋能避免造成誤解的可能性。

🎧 MP3 75

31 **predicament** [,prɪ`dɪkəmənt] *n.* 尷尬的處境；困境 ❻ ❶

考 The party was once again facing its quadrennial
predicament: the candidate sufficiently liberal to
win the nomination would be too liberal for the
general election.【中國醫】
(A) dilation   (B) dilemma   (C) destruction
(D) campaign   (E) anticipation
答案：B

32 **predispose** [‚prɪdɪs`poz] v. 使……預先有傾向（或意向）
predisposed [‚prɪdɪs`pozd] adj. 先有傾向的；先有意向的
predisposition [‚prɪdɪspə`zɪʃən] n. 傾向；素質 ❻ ❶ ❶

> 考 The rich and famous can have as hard a time
> protecting their money as everyone else. Most
> people, unfortunately, are _____ to spend more
> than they have. 【高醫】
> (A) immune　　(B) resistant　　(C) insensitive
> (D) predisposed　　(E) insusceptible
> 答案：D

---

33 **preordain** [‚priɔr`den] v. 預定；注定

> 例 Fate **preordained** his success in life.
> 命運注定他會成功。

---

34 **preponderance** [prɪ`pandərəns] n. （數量上的）優勢；
優越 ❻ ❶
preponderant [prɪ`pandərənt] adj. 突出的；優越的

> 例 My sister is **preponderant** over me in every respect.
> 我妹妹在各方面都比我強。

---

35 **preposterous** [prɪ`pastərəs] adj. 十分荒謬的；可笑的 ❻

> 考 The educational reform that turned out to be
> successful was firstly considered as entirely
> _____. 【109 高醫】
> (A) unconscious　　(B) judicious　　(C) salubrious
> (D) contiguous　　(E) preposterous
> 答案：E

36 **prerequisite** [ˌpriˈrɛkwəzɪt] *adj.* 事先需要的;先修的 Ⓖ

考 It would be very challenging to take the _____ and the advanced class concurrently. 【110 慈濟】
(A) preadmission   (B) predominance
(C) prerequisite   (D) presumption
答案:C

37 **presentiment** [prɪˈzɛntəmənt] *adj.* (不祥的)預感

38 **prevail** [prɪˈvel] *v.* 勝過;流行 Ⓖ Ⓣ Ⓘ
prevailing [prɪˈvelɪŋ] *adj.* 流行的;佔優勢的

39 **prevalent** [ˈprɛvələnt] *adj.* 流行的;盛行的 Ⓖ Ⓣ Ⓘ

考 The widespread availability of financial information has made stock investment more _____ even among amateur investors. 【110 義守】
(A) tentative   (B) prevalent
(C) reserved   (D) spacious
答案:B

40 **probate** [ˈprobet] *v.* 檢驗;查驗
probation [proˈbeʃən] *n.* 檢驗;鑑定;試用 Ⓖ Ⓘ
probationary [proˈbeʃənˌɛrɪ] *adj.* 實習中的;試用的

考 New staff have a _____ period of fourteen weeks before their contract is made permanent.
【111 義守】

(A) unconditional (B) heuristic

(C) empirical (D) probationary

答案：D

41 **proclivity** [prə`klɪvətɪ] *n.* 性向；傾向；氣質 ❻

考 Roger has a _____ to order too much food when dining out. 【慈濟】

(A) proportion (B) proclamation

(C) preponderance (D) proclivity

答案：D

42 **procrastinate** [pro`kræstə‚net] *v.* 拖延；耽擱 ❻

procrastination [pro‚kræstə`neʃən] *n.* 延遲

例 He **procrastinated** until the opportunity was lost.

他一拖再拖，直到機會都失去了。

Procrastination is the thief of time.

拖延是時間之賊。

考 Those who **procrastinate** often lose out on missed opportunities. 【義守】

(A) cheat (B) delay (C) wonder (D) dictate

答案：B

43 **prodigal** [`prɑdɪɡl] *adj.* 揮霍的；非常浪費的 ❻ ❶

考 Rumor has it that at the present moment Jackson is being far too _____ with company funds, which might lead to some potential financial crisis for the company. 【111 高醫】

(A) mouldy   (B) racy   (C) frugal

(D) prodigal   (E) savoury

答案：D

---

44 **prodigious** [prə`dɪdʒəs] *adj.*

巨大的；驚人的；異常的 Ⓖ Ⓣ Ⓘ

prodigy [`prɑdədʒɪ] *n.* 奇事；奇蹟；奇才 Ⓖ

---

45 **proliferate** [prə`lɪfə.ret] *v.* 【生】(使) 增殖；(使) 激增；

(使) 擴散 Ⓖ Ⓣ

proliferation [prə.lɪfə`reʃən] *n.* 【生】增殖；激增；擴散

prolific [prə`lɪfɪk] *adj.* 多產的

考 Shakespeare, a(n)_____ writer, entertained
audiences by writing many tragic and comic plays.
【110 義守】

(A) prolific   (B) generic

(C) numeric   (D) obstinate

答案：A

考 A recent _____ of jellyfish could threaten not
only marine biodiversity, but also the health of
tourists in beach resorts around the Mediterranean
and Black Sea. 【中國醫】

(A) downgrade   (B) magnificence   (C) bloom

(D) proliferation   (E) height

答案：D

46 **promiscuity** [ˌprɑmɪsˈkjuətɪ] *n.* 混亂；雜交 **G**

promiscuous [prəˈmɪskjuəs] *adj.* 混亂的；雜交的 **G**

promulgate [prəˈmʌlˌget] *v.* 公布；廣傳 **G** **T**

考 The legislation was drafted and **promulgated** at the end of 2020. 〔110 高醫〕

(A) announced　(B) confounded　(C) repented

(D) proposed　(E) unraveled

答案：A

47 **propagate** [ˈprɑpəˌget] *v.*

繁殖；傳播；使……普及 **G** **T** **I**

propagation [ˌprɑpəˈgeʃən] *n.* 繁殖；增殖；傳播

例 How do these worms **propagate** themselves?

這些蠕蟲是如何繁殖的呢？

48 **propensity** [prəˈpɛnsətɪ] *n.* (性格上的) 傾向；習性 **G** **T**

考 Rapid eye movement sleep is a phase of sleep, characterized by random rapid movement of the eyes, accompanied by low muscle tone throughout the body, and the _____ of the sleeper to dream vividly. 〔111 中山〕

(A) asset　(B) propensity　(C) stance

(D) tranquility　(E) gadget

答案：B

49 **provoke** [prə`vok] *v.* 激怒；對……挑釁 **G T I**
provocation [,pravə`keʃən] *n.* 激怒；挑釁 **G T**
provocative [prə`vakətɪv] *adj.* 挑撥的；先發制人的 **G T**

考 Nietzsche's pervasive use of hyperbole and
_____ questioning magnify the author's
presence. 【110 慈濟】
(A) lucrative　　　　(B) restrained
(C) depressing　　　 (D) provocative
答案：D

50 **prowess** [`prauɪs] *n.* 英勇；無畏 **G T**

🎧 MP3 79

51 **psychiatry** [saɪ`kaɪətrɪ] *n.* 精神病學
psychiatrist [saɪ`kaɪətrɪst] *n.* 精神病學家

考 Even nowadays, patients of the medical branch of
_____, which deals with mental health, are
often stigmatized. 【111 中興】
(A) psychic　　　 (B) psychology　　 (C) psychiatry
(D) psychedelic　 (E) psychoanalysis
答案：C

52 **psychoactive** [,saɪko`æktɪv] *adj.* (藥物) 對心理及精
神有顯著影響的

53 **pummel** [`pʌml] *v.* (用拳頭) 連續擊打 **T**

考 Heavy snow _____ western Germany and broke

records in some areas this weekend, Kenyan News reported.【111 中國醫】
(A) pummeled (B) duplicated
(C) contracted (D) deployed
答案：A

---

54 **putative** [`pjutətɪv] *adj.* 想像的；傳說的；推定的

例 He was the **putative** father of her child.
他被推定是這個孩子的父親。

---

55 **putrefy** [`pjutrəˌfaɪ] *v.*
（使）化膿；（使）腐敗；（使）墮落 **G**

考 We traced the bad smell to a dead skunk **putrefying** under the house.【中國醫】
(A) resting (B) decaying
(C) nestling (D) cuddling
(E) scattering
答案：B

🎧 MP3 80

56 **quaff** [kwɑf] *v.* 狂飲；大口地喝 **G**

考 Grief-stricken, the man **quaffed** half the contents of his glass in one gulp.【中國醫】
(A) poured (B) tilted
(C) vomited (D) filled
(E) drank
答案：E

字
彙

P

Q

57 **quandary** [ˈkwɑndərɪ] *n.* 困惑;為難;窘境 **G** **T**

考 Some voters find themselves in a _____ when they dislike all of the candidates. 【110 中國醫】
(A) mandate (B) patriarchy
(C) quandary (D) dogma
答案:C

58 **quarantine** [ˈkwɔrənˌtin] *v.* 使隔離;使受檢疫 **G** **T**

例 The patients were immediately **quarantined**.
病患很快地被隔離了。

59 **quell** [kwɛl] *v.* 壓制;平息 **G** **T**

考 The top editor of *The New York Times* on Thursday, aiming to **quell** mounting scrutiny from both employees and outside critics, walked back a controversial comment he and the newspaper's managing editor made last week in which they said the newspaper does not "tolerate" the use of racist language "regardless of intent." 【110 慈濟】
(A) replenish (B) restore
(C) restrain (D) resume
答案:C

Preview 字彙總覽

☐ **ramification** 分支;分派
☐ **recapitulate** 扼要重述;概括
☐ **recapitulative** 重述要點的
☐ **recapitulation** 重述要點
☐ **reciprocal** 相互的;互惠的
☐ **recount** 重新計算;詳細敘述
☐ **rectify** 矯正;改正
☐ **rectification** 矯正;改正
☐ **redeem** 買回;贖回
☐ **redemption** 買回;贖回
☐ **redemptive** 買回的;拯救的
☐ **refute** 駁斥;反駁
☐ **refutation** 駁斥;反駁
☐ **rehabilitate** 使修復;使恢復
☐ **rehabilitation** 恢復;修復
☐ **reiterate** 重申;反覆說
☐ **reiteration** 重複;反覆
☐ **reiterative** 反覆的

□ **reminiscent** 懷舊的
□ **remit** 寬恕；赦免；緩和；匯款
□ **remission** 寬恕；赦免；緩和；匯款
□ **remunerate** 賠償；付……酬勞
□ **remunerative** 賠償性的；報酬豐厚的
□ **remuneration** 酬勞；賠償
□ **reparation** 補償；賠償
□ **reparative** 修理的；賠償的
□ **replenish** 把……補足；備齊
□ **replicate** 複製；摺疊
□ **replication** 複製；摺疊
□ **replica** 複製品
□ **reprimand** 訓斥；譴責
□ **repudiate** 使……斷絕關係；否定
□ **repudiation** 斷絕關係；否定
□ **repulse** 擊退；使……反感；拒絕
□ **repulsive** 可憎的；令人反感的
□ **respite** 使（痛苦等）緩解；緩期執行（死刑等）；暫緩履行（義務等）／暫緩；（死刑的）緩期執行；（義務的）暫緩履行
□ **resurgence** 復活；興起；復甦
□ **resurgent** 復活的；興起的；復甦的
□ **retaliate** 報復；回敬

☐ **retaliation** 報復;回敬
☐ **reticent** 無言的;抑制的;沉默的
☐ **reticence** 沉默寡言;緘默
☐ **revere** 尊敬;崇敬;敬畏
☐ **reverence** 敬畏;敬愛;崇敬
☐ **rift** 裂縫;分裂;不和
☐ **rudiment** 基礎;入門;雛形
☐ **rudimentary** 基本的;初步的;早期的
☐ **rumble** 發出隆隆聲

| 核 | 心 | 字 | 彙 |

1 **ramification** [ˌræməfəˈkeʃən] *n.* 分支；分派 **G**

2 **recapitulate** [ˌrikəˈpɪtʃəˌlet] *v.* 扼要重述；概括 **G T**
recapitulative [ˌrikəˈpɪtʃəˌletɪv] *adj.* 重述要點的
recapitulation [ˌrikəˈpɪtʃəˌleʃən] *n.* 重述要點

3 **reciprocal** [rɪˈsɪprəkl] *adj.* 相互的；互惠的

> 考 The dialogue between doctors and patients should
> be based upon _____ trust. 【111 慈濟】
> (A) gastronomic   (B) sumptuous
> (C) mal-functional   (D) reciprocal
> 答案：D

4 **recount** [rɪˈkaʊnt] *v.* 重新計算；詳細敘述 **G**

5 **rectify** [ˈrɛktəˌfaɪ] *v.* 矯正；改正 **G I**
rectification [ˌrɛktəfəˈkeʃən] *n.* 矯正；改正 **G**

> 例 That mistake cannot be **rectified**.
> 這個錯誤無法被改正。

6 **redeem** [rɪˈdim] *v.* 買回；贖回 **G T I**
redemption [rɪˈdɛmpʃən] *n.* 買回；贖回 **G**
redemptive [rɪˈdɛmptɪv] *adj.* 買回的；拯救的

> 例 Comforting others **redeemed** him from his own despair.
> 安慰別人使他從自己的絕望中得到救贖。

[7] **refute** [rɪˋfjut] v. 駁斥；反駁 🄖 🅣

  refutation [ˌrɛfjuˋteʃən] n. 駁斥；反駁

  考 Since 1979, when satellite data first became available, regional temperature trends have _____ the notion of global warming: the statistical trend shows no change in the tropics and a decrease in temperature in Antarctica.【高醫】
  (A) alluded   (B) refuted   (C) coerced
  (D) emerged   (E) provoked
  答案：B

[8] **rehabilitate** [ˌrihəˋbɪləˌtet] v. 使修復；使恢復 🄖 🅣 🅘

  rehabilitation [ˌrihəˌbɪləˋteʃən] n. 恢復；修復

  考 Physical _____ is an important part of the recovery process, which can be long, difficult and frustrating.【111 中山】
  (A) disability   (B) fatigue   (C) aspiration
  (D) rehabilitation   (E) drowsiness
  答案：D

[9] **reiterate** [riˋɪtəˌret] v. 重申；反覆說 🄖 🅣

  reiteration [riˌɪtəˋreʃən] n. 重複；反覆

  reiterative [riˋɪtəˌretɪv] adj. 反覆的

  例 Let me **reiterate** that we have absolutely no plans to increase taxation.
  讓我再次重申我們絕無加稅的計畫。

10 **reminiscent** [ˌrɛməˈnɪsn̩t] *adj.* 懷舊的

考 The top of the museum has the classic center ring **reminiscent** of the 60's era. 【110 高醫】
(A) advocative　　(B) evocative　　(C) provocative
(D) reciprocative　(E) suffocative
答案：B

🎧 MP3 83

11 **remit** [rɪˈmɪt] *v.* 寬恕；赦免；緩和；匯款 🄖
remission [rɪˈmɪʃən] *n.* 寬恕；赦免；緩和；匯款 🄖

考 His grandmother is in ＿＿＿＿, but she's still at risk of serious health complications, should she become infected. 【109 高醫】
(A) rendition　(B) remuneration　(C) recitation
(D) recession　(E) remission
答案：E

12 **remunerate** [rɪˈmjunəˌret] *v.* 賠償；付……酬勞 🄖
remunerative [rɪˈmjunəˌretɪv] *adj.* 賠償性的；報酬豐厚的 🄖
remuneration [rɪˌmjunəˈreʃən] *n.* 酬勞；賠償

13 **reparation** [ˌrɛpəˈreʃən] *n.* 補償；賠償 🄖
reparative [ˈrɛpərətɪv] *adj.* 修理的；賠償的

例 They are still trying to make some sorts of atonement and **reparation**.
他們仍試著做某種和解及補償。

14 **replenish** [rɪ`plɛnɪʃ] v. 把……補足;備齊 **G** **T**

考 Unless they _____ their stock immediately, they would run out of everything. 〔高醫〕
(A) confiscated　(B) replenished　(C) perused
(D) isolated　　　(E) demanded
答案:B

---

15 **replicate** [`rɛplɪ͵ket] v. 複製;摺疊 **G** **T**
replication [͵rɛplə`keʃən] n. 複製;摺疊
replica [`rɛplɪkə] n. 複製品 **G** **T**

考 The silver drinking cups seen in the work are exact _____ of ancient goblets discovered in an archaeological dig, while the discovery of what some believe to be King Philip's grave in 1977 gave the makeup department specific cues. 〔高醫〕
(A) replicas　　　(B) benches　(C) personas
(D) authenticities　(E) commodities
答案:A

🎧 MP3 84

16 **reprimand** [`rɛprə͵mænd] v. 訓斥;譴責 **G**

考 The Aviation Police Bureau _____ and transferred an inspection officer for disparaging his position, after he wrote that working for the bureau was like "living in retirement." 〔110 義守〕
(A) complimented　(B) reprimanded
(C) praised　　　(D) commended
答案:B

[17] **repudiate** [rɪ`pjudɪ͵et] v. 使……斷絕關係；否定 **G T**
repudiation [rɪ͵pjudɪ`eʃən] n. 斷絕關係；否定

> 例 He **repudiated** the authorship of the novel.
> 他否認是這本書的作者。

[18] **repulse** [rɪ`pʌls] v./n. 擊退；使……反感；拒絕 **G**
repulsive [rɪ`pʌlsɪv] adj. 可憎的；令人反感的 **G T**

> 例 The scenes of sex and violence in the film **repulsed** many viewers.
> 這部片中性與暴力的畫面令許多觀眾反感。

[19] **respite** [`rɛspɪt] v. 使（痛苦等）緩解；緩期執行（死刑等）；暫緩履行（義務等）n. 暫緩；（死刑的）緩期執行；（義務的）暫緩履行 **G T**

> 考 Over the years, Mrs. McNaron has gradually developed a passion for gardening chiefly as a temporary **respite** from the headaches of routine housework. 【高醫】
> (A) diversion　(B) escape　(C) change
> (D) remedy　(E) relief
> 答案：E

[20] **resurgence** [rɪ`sɜdʒəns] n. 復活；興起；復甦 **G T**
resurgent [rɪ`sɜdʒənt] adj. 復活的；興起的；復甦的 **G**

> 考 Stopping using the antibiotics may lead to _____ of the infection. 【109 義守】
> (A) demise　　　(B) resurgence
> (C) mortgage　　(D) aversion
> 答案：B

163

[21] **retaliate** [rɪˋtælɪˌet] *v.* 報復；回敬 **G T**
retaliation [rɪˌtælɪˋeʃən] *n.* 報復；回敬

考 Two years ago, Muslim militias, known as the Seleka, seized power, then plundered the country from precious—diamonds, gold and ivory to mundane—guns, cars and food. A group of mainly Christian and animist militias later _____, and drove the Seleka into the countryside.【高醫】
(A) reconciled　(B) conceded　(C) retaliated
(D) negotiated　(E) recapitulated
答案：C

[22] **reticent** [ˋrɛtəsn̩t] *adj.* 無言的；抑制的；沉默的 **G T I**
reticence [ˋrɛtəsn̩s] *n.* 沉默寡言；緘默 **T**

例 He was **reticent** about his past.
他絕口不提自己的過去。

[23] **revere** [rɪˋvɪr] *v.* 尊敬；崇敬；敬畏
reverence [ˋrɛvərəns] *n.* 敬畏；敬愛；崇敬 **G T**

例 People **revered** the sage.
人們崇敬著聖賢。

[24] **rift** [rɪft] *n.* 裂縫；分裂；不和 **G T**

考 There were discrepancies and fierce disputes over the issue of food safety among party lawmakers. The party leader is working hard to heal the _____ inside the party.【中國醫】

(A) consensus　　(B) alliance
(C) rift　　　　　(D) maneuver
(E) pleat
答案：C

25 **rudiment** [ˋrudəmənt] *n.* 基礎；入門；雛形 **Ⓖ**
rudimentary [ˌrudəˋmɛntəri] *adj.* 基本的；初步的；早期的 **Ⓖ Ⓣ**

考 Not that long ago, many youngsters could get
part-time or summer jobs that taught them the
_____ of a trade they could pursue later.【高醫】
(A) adjustments　　(B) amendments
(C) improvements　　(D) predicaments
(E) rudiments
答案：E

26 **rumble** [ˋrʌmbl] *v.* 發出隆隆聲 **Ⓣ**

例 Thunder is **rumbling** in the distance.
遠處雷聲隆隆。

考 It's embarrassing if your stomach _____ during
class.【中國醫】
(A) sweats　　(B) frowns
(C) sneezed　　(D) rumbles
(E) yawns
答案：D

Preview 字彙總覽

☐ **sabotage** 破壞;毀壞
☐ **sagacious** 睿智的;有遠見的
☐ **sarcastic** 挖苦的;諷刺的
☐ **satiate** 使飽足
☐ **scorch** 使⋯⋯烤焦;挖苦
☐ **scrimp** 精打細算;對⋯⋯吝嗇
☐ **scruple** *n.* 猶豫;顧忌/對⋯⋯感到猶豫;對⋯⋯有顧忌
☐ **scrupulous** 小心翼翼的;審慎的
☐ **segment** 部門;部分;切片
☐ **segmental** 部分的
☐ **segmentalize** 分割;細胞分裂
☐ **serendipity** 機緣巧合
☐ **serendipitous** 機緣巧合的
☐ **shrewd** 精明的
☐ **simulate** 假裝;冒充
☐ **simulation** 偽裝;模仿
☐ **simulative** 偽裝的
☐ **skeptic** 懷疑者

- [ ] **skeptical** 多疑的
- [ ] **slack** 鬆弛的；懈怠的；蕭條的
- [ ] **slacken** 使鬆弛；緩和
- [ ] **slant** 傾斜；使傾斜
- [ ] **slaughter** 屠宰；宰殺／(食用牲口的) 屠宰
- [ ] **slay** 殺害
- [ ] **slug**【動】蛞蝓，鼻涕蟲
- [ ] **sluggish** 緩慢的；懶散的
- [ ] **smash** 粉碎；猛撞
- [ ] **smirk** 嘻嘻笑
- [ ] **solemn** 隆重的；莊嚴的
- [ ] **solemnity** 隆重；莊嚴
- [ ] **solid** 固體的；牢固的
- [ ] **solidary** 團結
- [ ] **solidity** 固體；堅硬；穩固
- [ ] ***consolidation** 鞏固；強化
- [ ] **somatic** 身體的
- [ ] **soothe** 使平息；安慰；撫慰
- [ ] **sparse** 稀疏的；稀少的
- [ ] **specious** 外觀好看的；華而不實的
- [ ] **spectrum** 光譜；範圍
- [ ] **speculate** 推測；思索
- [ ] **speculation** 推測；思索

- spontaneous 自然的；自發的
- spontaneity 自然性；自發性
- sprinter 短跑選手
- squander 揮霍；浪費
- squanderer 揮霍者
- stack 堆放／一堆；大量
- stagnant 不流動的；不景氣的
- stereotype 鉛版印刷；窠臼／定型
- stifle 窒息；使窒息
- stifling 令人窒息的
- stimulus 刺激；激勵
- stimulate 刺激；激勵
- strenuous 費力的；費勁的
- strident 刺耳的；強硬的
- studious 好學的；勤奮的
- study 讀書
- subdue 征服；鎮壓；克制
- submerge 使……浸入水中；淹沒
- submergence 浸入；淹沒
- subservience 從屬；奉承；卑屈
- subservient 充當下手的；奉承的
- subsidize 給予津貼；資助
- subsist 維持生活；繼續存在

☐ **subsistence** 維持生活;繼續存在
☐ **subsistent** 現存的;實際存在的
☐ **subsume** 將……納入
☐ **subsumption** 包含;包容
☐ **subterrane** 洞穴
☐ **subterraneous** 地底的
☐ **succumb** 屈服;委棄;聽任
☐ **supercharge** 使……超出負荷;使……超載
☐ **supercilious** 高傲的;輕蔑的
☐ **superficial** 表面的;膚淺的
☐ **supplant** 代替;取代
☐ **surpass** 勝過;優於
☐ **surveillance** 監督;看守
☐ **surveillant** 監督者
☐ **susceptible** 可容許的;易受感染的
☐ **susceptibility** 易受感動性;多情
☐ **swerve** 突然轉向;偏離方向
☐ **synchronize** 同時發生;畫面與聲音一致
☐ **synchronization** 同時性;校準
☐ **syndicate** 組成企業聯盟
☐ **syndrome** 綜合症狀;症候群
☐ **synoptic** 概要的
☐ **synthetic** 合成的;人造的

🎧 MP3 86

1 **sabotage** [`sæbə,taʒ] *v.* 破壞；毀壞 ⓖ ⓘ

考 While the police said it was unclear who was responsible for the alleged attack, the victims reported extremists attempting to **sabotage** talks to end the war. 【111 高醫】

(A) operate (B) offend (C) ordain
(D) obstruct (E) object
答案：D

2 **sagacious** [sə`geʃəs] *adj.* 睿智的；有遠見的 ⓖ ⓣ

考 Reading this book will help you acquire a lot of knowledge and even become a more **erudite** person. 【高醫】

(A) bluffing (B) exulting (C) assiduous
(D) congenial (E) sagacious
答案：E

3 **sarcastic** [sɑr`kæstɪk] *adj.* 挖苦的；諷刺的 ⓖ

4 **satiate** [`seʃɪ,et] *v.* 使飽足 ⓖ ⓣ

考 Paris is a city of gourmet with hundreds of restaurants which will surely _____ your appetite for delicious food. 【110 高醫】

(A) penetrate (B) nurture (C) circumvent
(D) satiate (E) quench
答案：D

5 **scorch** [skɔrtʃ] v. 使……烤焦；挖苦 **G T I**

考 The summer sun in Kaohsiung can be ＿＿＿＿＿, so it is important to apply some sun block to your skin before going out. 【高醫】
(A) brightening (B) deadly (C) glimmering
(D) shining (E) scorching
答案：E

🎧 MP3 87

6 **scrimp** [skrɪmp] v. 精打細算；對……吝嗇

考 Society is crumbling, with the rich living lives of decadent ease while the majority toil and ＿＿＿＿＿.
【110 中國醫】
(A) perjure (B) volatilize
(C) scrimp (D) chaperone
答案：C

7 **scruple** [`skrupl] n. 猶豫；顧忌 v. 對……感到猶豫；對……有顧忌 **G T**
scrupulous [`skrupjələs] adj.
小心翼翼的；審慎的 **G T I**

考 Everyone is extremely pleased at the **scrupulous** way in which inspection is being carried out on the security of the vaccines. 【110 高醫】
(A) economical (B) conscientious (C) innovative
(D) efficient (E) immaterial
答案：B

8 **segment** [ˋsɛgmənt] *n.* 部門；部分；切片 **G T I**
segmental [sɛgˋmɛntl] *adj.* 部分的
segmentalize [sɛgˋmɛntlˌaɪz] *v.* 分割；細胞分裂

例 The company dominates this **segment** of the market.
這家公司主導了市場上的這個部分。

9 **serendipity** [ˌsɛrənˋdɪpətɪ] *n.* 機緣巧合 **G**
serendipitous [ˌsɛrənˋdɪpɪtəs] *adj.* 機緣巧合的

考 Thanks to a series of **serendipitous** scientific discoveries, we are now enjoying the comfort of modern technology.【109 高醫】
　(A) egregious　(B) fortuitous　(C) insidious
　(D) luminous　(E) ominous
答案：B

10 **shrewd** [ʃrud] *adj.* 精明的 **G T I**

例 It is **shrewd** of you to bet on that horse.
你在那匹馬上下注真是精明。

🎧 MP3 88

11 **simulate** [ˋsɪmjəˌlet] *v.* 假裝；冒充 **G T I**
simulation [ˌsɪmjəˋleʃən] *n.* 偽裝；模仿 **T**
simulative [ˋsɪmjəˌletɪv] *adj.* 偽裝的

例 Some moths **simulate** dead leaves.
有些蛾會偽裝成枯葉。

172

12 **skeptic** [`skɛptɪk] *n.* 懷疑者 ❶
skeptical [`skɛptɪkl̩] *adj.* 多疑的 ❻ ❶

例 He is **skeptical** about almost everything.
他對幾乎每件事都感到懷疑。

考 I am a **skeptic** bout the 12-year compulsory education plan; I need some more proof that it can work. 【高醫】
(A) pessimist   (B) optimist   (C) disbeliever
(D) romanticist   (E) realist
答案：C

13 **slack** [slæk] *adj.* 鬆弛的；懈怠的；蕭條的 ❶ ❶
slacken [`slækən] *v.* 使鬆弛；緩和 ❻ ❶

例 She has been rather **slack** about her homework recently.
她最近對課業方面相當鬆懈。

14 **slant** [slænt] *v.* 傾斜；使傾斜 ❻ ❶

考 The police claimed that media coverage as a whole was _____ against the defendants, which could be rather unfair and unjust. 【111 高醫】
(A) pranked   (B) slanted   (C) parachuted
(D) slaughtered   (E) evacuated
答案：B

15 **slaughter** [`slɔtɚ] *v.* 屠宰；宰殺
n. (食用牲口的) 屠宰 ❶ ❶

例 Hundreds of civilians were **slaughtered** in the ethnic cleansing.

在種族淨化時數百名平民被屠殺。

🎧 MP3 89

16 **slay** [sle] *v.* 殺害 **G**

例 Two women were brutally **slain** last night.

有兩名婦女昨夜遭到殘忍殺害。

17 **slug** [slʌg] *n.*【動】蛞蝓，鼻涕蟲
sluggish [ˋslʌgɪʃ] *adj.* 緩慢的；懶散的 **G T I**

18 **smash** [smæʃ] *v.* 粉碎；猛撞 **T I**

考 *Parasite*, a South Korean film dealing with the gap between the haves and the have nots, has ＿＿＿＿＿＿ box office records and won several international awards.【109 慈濟】

(A) mitigated　　　(B) smashed
(C) rectified　　　 (D) expedited

答案：B

19 **smirk** [smɜk] *v.* 嘻嘻笑 **G**

20 **solemn** [ˋsɑləm] *adj.* 隆重的；莊嚴的 **T I**
solemnity [səˋlɛmnətɪ] *n.* 隆重；莊嚴 **G**

考 The holy man spoke so **solemnly** that all the audience listened intently to his message with reverence and respect.【中國醫】

(A) slowly   (B) deliberately

(C) seriously   (D) carefully

答案：C

🎧 MP3 90

21 **solid** [`sɑlɪd] *adj.* 固體的；牢固的

    solidary [`sɑlədəri] *n.* 團結

    solidity [sə`lɪdɪtɪ] *n.* 固體；堅硬；穩固

    consolidation [kən,sɑlə`deʃən] *n.* 鞏固；強化

    考 We are concerned that the _____ of universities would mean a drastic reduction in non-academic personnel. 〔110 慈濟〕

    (A) acquaintance   (B) consolidation

    (C) interference   (D) reversibility

    答案：B

22 **somatic** [so`mætɪk] *adj.* 身體的 ⑥

    考 _____ symptoms, such as nightmares, insomnia, physiological distress at exposure to trauma and exaggerated startle showed either no significant effect or a weakly significant one. 〔111 中山〕

    (A) Sceptic   (B) Subdural   (C) Stuttering

    (D) Somatic   (E) Saline

    答案：D

23 **soothe** [suð] *v.* 使平息；安慰；撫慰 ❶

    例 I tried to **soothe** Anne by offering to treat her to a big meal.

    我提出請安吃一頓大餐試圖安撫她。

24 **sparse** [spɑrs] *adj.* 稀疏的；稀少的 Ⓖ Ⓣ Ⓘ

例 The population of the island is **sparse**.
這島上的人口稀少。

25 **specious** [ˋspiʃəs] *adj.* 外觀好看的；華而不實的 Ⓖ

🎧 MP3 91

26 **spectrum** [ˋspɛktrəm] *n.* 光譜；範圍 Ⓖ Ⓣ Ⓘ

考 A study published recently shows the effects of climate change across a broad _____ of problems, including heat waves, wildfires, sea level rise, hurricanes, flooding, drought and shortages of clean water. 【中國醫】

(A) spectrum　(B) atmosphere　(C) residue
(D) emission　(E) suspension
答案：A

27 **speculate** [ˋspɛkjəˌlet] *v.* 推測；思索 Ⓖ Ⓣ Ⓘ
speculation [ˌspɛkjəˋleʃən] *n.* 推測；思索 Ⓖ

考 Scientists **speculate** that the greatest impact on the increasing global temperature of the earth is caused by humans. 【高醫】

(A) digress　(B) contemplate　(C) detract
(D) squander　(E) dissent
答案：B

28 **spontaneous** [spɑnˋteniəs] *adj.* 自然的；自發的 Ⓖ Ⓣ Ⓘ
spontaneity [ˌspɑntəˋniətɪ] *n.* 自然性；自發性 Ⓖ

考 The effortless freshness and _____ of her
singing put her into the front rank of popular and
influential singers. 【109 高醫】
(A) accountability (B) inevitability (C) promiscuity
(D) spontaneity (E) varsity
答案：D

29 **sprinter** [`sprɪntə] *n.* 短跑選手

考 A good doctor, in order to protect him/herself,
should know how to become like a _____ as if
in an activity of moving fast on foot. 【111 中興】
(A) sober (B) sneer (C) skipper
(D) sprinter (E) slaughter
答案：D

30 **squander** [`skwɑndə] *v.* 揮霍；浪費 **G** **T**
squanderer [`skwɑndərə] *n.* 揮霍者

考 After winning a national lottery, he **squandered** it
frivolously. 【中國醫】
(A) invested (B) donated (C) wasted
(D) reported (E) dropped
答案：C

🎧 MP3 92

31 **stack** [stæk] *v.* 堆放 *n.* 一堆；大量 **T** **O**

例 There are **stacks** of dishes waiting to be washed.
那裡有一大堆的盤子等著要洗。

32 **stagnant** [`stægnənt] *adj.* 不流動的；不景氣的 ⓖ ⓣ ❶

考 Which of the following probably would contain **stagnant** air? 【中國醫】
(A) A street with noises
(B) A garden with flowers
(C) A room with open windows
(D) A bench in the park
(E) A crowded elevator
答案：E

33 **stereotype** [`stɛrɪə,taɪp] *n.* 鉛版印刷；窠臼 *v.* 定型 ⓖ

考 In many novels and films, step-mothers are often _____ as wicked women.
(A) stereotyped   (B) isolated
(C) irritated   (D) decorated
答案：A

34 **stifle** [`staɪf!] *v.* 窒息；使窒息
stifling [`staɪf!ɪŋ] *adj.* 令人窒息的

例 Some of the firemen were **stifled** by the smoke.
有些消防員被煙嗆傷了。

35 **stimulus** [`stɪmjələs] *n.* 刺激；激勵 ⓖ ❶
stimulate [`stɪmjə,let] *v.* 刺激；激勵 ⓣ ❶

考 Research into alternative energy sources has been _____ by this funding increase. 【中國醫】
(A) embellished   (B) disfigured   (C) avenged
(D) stimulated   (E) mollified
答案：D

考 This was an educational and _____ speech to remind us of the importance of environment preservation.【109 高醫】
(A) castrating　　(B) stimulating　　(C) urinating
(D) berating　　(E) discriminating
答案：B

🎧 MP3 93

36 **strenuous** [ˋstrɛnjuəs] *adj.* 費力的；費勁的 ⒼⓉⒾ

例 We made **strenuous** effort to persuade her to do it.
我們費力地說服她去做到這點。

37 **strident** [ˋstraɪdn̩t] *adj.* 刺耳的；強硬的 ⒼⓉ

考 When health authorities have attempted to do so, there has been immediate and **vociferous** opposition, forcing a rapid reversal of policy.【高醫】
(A) equivocal　　(B) impending　　(C) complementary
(D) strident　　(E) veritable
答案：D

38 **studious** [ˋstjudɪəs] *adj.* 好學的；勤奮的
study [ˋstʌdɪ] *v.* 讀書

例 He is always **studious** of his business.
他總是孜孜不倦地工作。

39 **subdue** [səbˋdju] *v.* 征服；鎮壓；克制 ⒼⓉⒾ

例 He sent troops to **subdue** the rebels.
他派軍隊去鎮壓叛軍。

40 **submerge** [səb`mɝdʒ] v. 使……浸入水中；淹沒 **G** **I**
submergence [səb`mɝdʒəns] n. 浸入；淹沒

例 Torrents of water rushed down the mountain and **submerged** the farmland.

暴雨將山上土石沖刷下來淹沒了農田。

🎧 MP3 94

41 **subservience** [səb`sɝvɪəns] n. 從屬；奉承；卑屈
subservient [səb`sɝvɪənt] adj. 充當下手的；奉承的
G **T**

考 Women's confinement to their home and dependence on personal servants for their every need left them powerless and _____ to their husbands and other males in the family. 【高醫】

(A) numb (B) exclusive
(C) risky (D) reluctant
(E) subservient
答案：E

42 **subsidize** [`sʌbsə͵daɪz] v. 給予津貼；資助

考 In Lebanon, traders and corrupted people have withheld 74% of the country's **subsidized** goods from the public over the past year. 【111 高醫】

(A) enacted (B) enabled
(C) endowed (D) enlarged
(E) engaged
答案：C

43 **subsist** [səb`sɪst] v. 維持生活;繼續存在 ❶
subsistence [səb`sɪstəns] n. 維持生活;繼續存在 ❶
subsistent [səb`sɪstənt] adj. 現存的;實際存在的

例 The living things on the earth could not **subsist** on Mars.
地球上的生物無法在火星上生存。

44 **subsume** [səb`sjum] v. 將……納入 ❻
subsumption [sʌb`sʌmpʃən] n. 包含;包容

例 This creature can be **subsumed** in the class of mammals.
這種生物可以被歸為哺乳類動物。

45 **subterrane** [`sʌbtə‚ren] n. 洞穴
subterraneous [‚sʌbtə`renɪəs] adj. 地底的

🎧 MP3 95

46 **succumb** [sə`kʌm] v. 屈服;委棄;聽任 (+ to) ❻ ❶ ❶

例 After a long siege, the city **succumbed**.
在長久的包圍後,這城市屈服了。

47 **supercharge** [‚supə`tʃɑrdʒ] v. 使……超出負荷;
使……超載

例 Studies have long suggested that the extra carbon dioxide would **supercharge** the world's crops. 【高醫】
長久以來的研究顯示,全球農作物將無法吸收多餘的二氧化碳。

48 **supercilious** [ˌsupɚˈsɪlɪəs] *adj.* 高傲的；輕蔑的 **G**

考 While stopped at the traffic light, the _____
socialite in her brand new luxury car glanced
disdainfully to her left at the beat-up old sedan and
at the car's driver. 【高醫】
(A) supercilious　　(B) primitive　　(C) addictive
(D) languid　　　　 (E) gallant
答案：A

49 **superficial** [ˈsupɚˈfɪʃəl] *adj.* 表面的；膚淺的 **G T I**

50 **supplant** [səˈplænt] *v.* 代替；取代 **G**

考 Samsung has _____ Apple, the iPad and iPhone
maker, in the worldwide chip eating challenge.
【慈濟】
(A) suppressed　　(B) subsumed
(C) submerged　　 (D) supplanted
答案：D

🎧 MP3 96

51 **surpass** [sɚˈpæs] *v.* 勝過；優於 **T I**

考 In their most recent performance, the Cloud Gate
dancers gave us a fabulous performance that far
_____ our expectation. 【高醫】
(A) assessed　　(B) bestowed　　(C) disclosed
(D) surpassed　　(E) sustained
答案：D

52 **surveillance** [sɚˋveləns] *n.* 監督；看守
surveillant [sɚˋvelənt] *n.* 監督者

考 The U.S. Armed Forces are stepping up
surveillance of disputed islands in the South China
Sea amid rising tension with Beijing.【高醫】
(A) slack　　　　　　(B) cessation
(C) discontinuance　　(D) termination
(E) observation
答案：E

53 **susceptible** [səˋsɛptəbl̩] *adj.*
可容許的；易受感染的 **G T I**
susceptibility [sə,sɛptəˋbɪlətɪ] *n.* 易受感動性；多情 **G**
反義 **insusceptible** [,ɪnsəˋsɛptəbl̩] *adj.* 不可容許的；
不易受感染的

例 This passage is **susceptible** of another interpretation.
這段文字也可以做另一番解釋。

考 Dryness is one of the factors to make the eyes more
_____ to infection.【111 義守】
(A) intangible　　　(B) susceptible
(C) attainable　　　(D) subservient
答案：B

54 **swerve** [swɜv] *v.* 突然轉向；偏離方向 **G T I**

例 His car **swerved** to avoid the truck.
他的車子突然轉彎以避免撞上那輛卡車。

55 **synchronize** [ˋsɪŋkrənaɪz] *v.*
同時發生；畫面與聲音一致 **G T I**
synchronization [ˌsɪŋkrənɪˋzeʃən] *n.* 同時性；校準

考 The fireworks were in perfect _____ with the music.【高醫】
(A) synchronization   (B) endurance
(C) enumeration   (D) vitalization
(E) resurgence
答案：A

56 **syndicate** [ˋsɪndɪkɪt] *v.* 組成企業聯盟

57 **syndrome** [ˋsɪnˌdrom] *n.* 綜合症狀；症候群

58 **synoptic** [sɪˋnɑptɪk] *adj.* 概要的 **G**

考 Although the _____ situation is usually several hours old, it is very valuable for indicating the general weather patterns the pilot must reckon with.【111 中國醫】
(A) semantic   (B) dogmatic
(C) synoptic   (D) syntactic
答案：C

59 **synthetic** [sɪnˋθɛtɪk] *adj.* 合成的；人造的 **G T I**

📄 **Preview** 字彙總覽

☐ **taciturn** 沉默寡言的;無言的
☐ **taciturnity** 沉默寡言;緘默
☐ **tactile**(有)觸覺的
☐ **tangible** 有實體的;實際的;明確的
☐ **tangle** 糾纏;糾結
☐ **tedious** 冗長的
☐ **telepathy** 心電感應;傳心術
☐ **temerity** 冒失;魯莽
☐ **tenement** 租屋;廉價公寓
☐ **tentative** 試驗性的;暫時的
☐ **thaw**(冰、雪等)融化;解凍;變暖
☐ **torment** 折磨;使……痛苦;糾纏
☐ **torrent** 奔流;傾注
☐ **torrential** 奔流的;洶湧的
☐ **tortuous** 迂迴的;曲折的
☐ **transgress** 違反;違背
☐ **transgression** 違反;違背
☐ **transience** 無常;短暫

☐ **transient** 無常的;短暫的
☐ **translucent** 半透明的;清楚易懂的
☐ **translucence(y)** 半透明
☐ **transmute** 使變形(或變質);使變化
☐ **transmutation** 變形;變化;變質
☐ **transmutable** 可變形的;可變質的
☐ **transmutability** 可變化性
☐ **traumatic** 【醫】外傷的;外傷用的
☐ **treacherous** 背叛的;奸詐的
☐ **treachery** 背叛;變節;背信
☐ **trifle** 瑣事
☐ **trivial** 瑣碎的;其次的

| 核 | 心 | 字 | 彙 |

1 **taciturn** [`tæsə,tɜn] *adj.* 沉默寡言的；無言的 🄖 🅣
   taciturnity [,tæsə`tɜnətɪ] *n.* 沉默寡言；緘默

2 **tactile** [`tæktaɪl] *adj.* （有）觸覺的 🄖

   考 **Tactile** contact of the earth was important to him.
   【中國醫】
   (A) ceremonial   (B) sensitive
   (C) relevant   (D) touchable
   答案：D

3 **tangible** [`tændʒəbl] *adj.* 有實體的；實際的；明確的 🄖

   例 The government brought few **tangible** benefits to
   the poor.
   政府並未替窮人帶來多少實際的好處。

4 **tangle** [`tæŋgl] *v.* 糾纏；糾結 🅣 🅘

   例 Lily's hair **tangled** in the wind.
   莉莉的頭髮在風中糾結在一起。

5 **tedious** [`tidɪəs] *adj.* 冗長的 🄖 🅣 🅘

6 **telepathy** [tə`lɛpəθɪ] *n.* 心電感應；傳心術 🄖

   例 We are particularly interested in such phenomena
   as **telepathy**.
   我們對心電感應這種現象特別感興趣。

7 **temerity** [tə`mɛrətɪ] *n.* 冒失；魯莽 **G**

例 He had the **temerity** to criticize his employer.
他冒然批評他的僱主。

8 **tenement** [`tɛnəmənt] *n.* 租屋；廉價公寓

9 **tentative** [`tɛntətɪv] *adj.* 試驗性的；暫時的 **G T I**

考 I don't know for sure what I am going to do this
weekend, but _____ I plan to visit an old friend
of mine in southern Taiwan.
(A) tentatively　　(B) inevitably
(C) unknowingly　　(D) numerously
答案：A

10 **thaw** [θɔ] *v.* (冰、雪等) 融化；解凍；變暖 **G T I**

考 The _____ in relation between the U.S. and
Cuba has led to a stunning 36 percent increase in
visits by Americans to the island. 【高醫】
(A) thaw　　(B) tension　　(C) conflict
(D) attack　　(E) transaction
答案：A

考 The Great Lakes are a collection of freshwater lakes
located in northeastern North America. They were
shaped when the glaciers **thawed** after the last ice
age. 【中國醫】
(A) advanced　　(B) disappeared　　(C) exploded
(D) melted　　(E) declined
答案：D

[11] **torment** [`tɔr,mɛnt] *n.* 折磨；使……痛苦；糾纏 🌐 🔵

　　考 She was _____ with painful burns after her
　　accident.【義守】
　　(A) tormented　　　(B) summoned
　　(C) exclaimed　　　(D) groomed
　　答案：A

[12] **torrent** [`tɔrənt] *n.* 奔流；傾注 🔵
　　torrential [tɔ`rɛnʃəl] *adj.* 奔流的；洶湧的

　　考 The **torrential** rains that accompany most
　　hurricanes represent a third significant threat-
　　flooding.【高醫】
　　(A) pouring　　　(B) storming　　　(C) drizzling
　　(D) unexpected　　(E) unforeseen
　　答案：A

[13] **tortuous** [`tɔrtʃuəs] *adj.* 迂迴的；曲折的 🌐 🔵

[14] **transgress** [træns`grɛs] *v.* 違反；違背 🌐 🔵
　　transgression [træns`grɛʃən] *n.* 違反；違背

　　例 Her behavior **transgressed** the bounds of prudence.
　　他的行為違反了謹慎的界線。

[15] **transience** [`trænzɪəns] *n.* 無常；短暫 (= transiency)
　　transient [`trænzɪənt] *adj.* 無常的；短暫的 🌐 🔵

　　考 Scientists have shown that hunger isn't just
　　something _____. Hunger during childhood

can have a ripple effect that we are only just
beginning to understand.【111 中興】
(A) transient　(B) transcendent　(C) translucent
(D) tranquil　(E) transit
答案：A

🎧 MP3 100

16 **translucent** [træns`lusn̩t] *adj.*
半透明的；清楚易懂的 Ⓖ ❶
translucence(y) [træns`lusn̩s] *n.* 半透明

17 **transmute** [træns`mjut] *v.* 使變形（或變質）；使變化 Ⓖ
transmutation [ˌtrænsmju`teʃən] *n.* 變形；變化；變質
transmutable [træns`mjutəbl̩] *adj.* 可變形的；可變質的
transmutability [ˌtrænsmjutə`bɪlətɪ] *n.* 可變化性

考 The great migration of European intellectuals to
the United States in the second quarter of the
twentieth century prompted **transmutation** in the
character of Western social thought.【高醫】
(A) metamorphosis　(B) transgression　(C) mobility
(D) interference　　(E) dynamics
答案：A

18 **traumatic** [trɔ`mætɪk] *adj.*【醫】外傷的；外傷用的 Ⓖ ❶

19 **treacherous** [`trɛtʃərəs] *adj.* 背叛的；奸詐的 Ⓖ ❶
treachery [`trɛtʃərɪ] *n.* 背叛；變節；背信 Ⓖ

例 He was **treacherous** to his comrades.
他背叛了他的同志。

20 **trifle** [`traɪf]] *n.* 瑣事 🄖 🅣 🄘

　　trivial [`trɪvɪəl] *adj.* 瑣碎的；其次的 🄖 🅣

考 Among the above three methods, I would find the
Profit and Loss Statement the most useful, for the
Cash Flow Statement is too simplistic and would be
easily distorted by ＿＿＿＿＿ matters. 【110 慈濟】

(A) trivial 　　　　　(B) immutable

(C) refractory 　　　(D) momentous

答案：A

U

📄 Preview 字彙總覽

1 **ubiquitous** [ju`bɪkwətəs] *adj.* 到處存在的；普遍存在的；無所不在的 **G**

> 考 I just don't see how it possible for the kids to keep in good shape, for sugar is **ubiquitous** in their diet.
>
> 【高醫】
>
> (A) inevitable　　(B) common
> (C) everywhere　　(D) popular
> (E) high
> 答案：C

> 考 Once a rarity, CD-ROM drives are now **ubiquitous**.
>
> 【義守】
>
> (A) widespread　　(B) cheap
> (C) essential　　(D) creative
> 答案：A

2 **unabashed** [ʌnə`bæʃt] *adj.* 不害羞的；厚臉皮的 **G**

3 **unanimous** [ju`nænəməs] *adj.*
全體一致的；無異議的 **G T I**

> 考 With one voice, all of the member states approved the deal _____ without any hesitation. 【109 慈濟】
>
> (A) unanimously　　(B) unabashedly
> (C) anomaly　　(D) anonymously
> 答案：A

193

考 The Congress, by a **unanimous** vote, decided to decrease taxes.【高醫】

(A) minority   (B) majority

(C) half   (D) complete agreement

答案：D

---

4 **undermine** [ˌʌndɚˈmaɪn] v.

暗中破壞；削弱；逐漸損害 Ⓖ Ⓣ Ⓘ

例 The bridge was unsafe since the foundations were **undermined** by floods.

這座橋不安全，因為基座被洪水損害

---

5 **underscore** [ʌndɚˈskor] v. 強調；在……畫底線

考 Today's fatal shooting **underscores** the need for stricter gun control laws and enforcement.【中國醫】

(A) eliminates   (B) emphasizes

(C) indicates   (D) relieves

答案：B

🎧 MP3 102

---

6 **unwind** [ʌnˈwaɪd] v. 解開；使心情輕鬆

考 He had a week off, so he decided to take a trip to Bali and _____ there.【高醫】

(A) cater   (B) unwind

(C) grip   (D) conform

(E) induce

答案：B

7 **upbraid** [ʌp`bred] *v.* 訓斥；責罵 🄖 🅣

8 **upheaval** [ʌp`hivl] *n.* 動亂；巨變；隆起 🄖 🅣

例 Mass unemployment may lead to social **upheaval**.
大規模的失業可能導致社會動亂。

9 **uphold** [ʌp`hold] *v.* 高舉；支撐；維護 🄖 🅣 🅘

考 Police officers take an oath to **uphold** the law and
to protect the public.【中國醫】
(A) perish   (B) distain   (C) maintain
(D) violate   (E) amplify
答案：C

📄 Preview 字彙總覽

196

| □ **vitriolic** 硫酸的；刻薄的 |
| □ **vociferous** 喧囂的 |
| □ **wholesome** 有益身心的；健全的 |
| □ **wisecrack** 俏皮話 |
| □ **xenophobia** 仇外心理；懼外 |

☐ **vacillate** [`væsl͵et] *v.* 動搖；猶豫；躊躇 **G T**
vacillation [͵væsl`eʃən] *n.* 躊躇；猶豫不決 **T**

例 He **vacillated** between attack and retreat.
他在攻擊與撤退間搖擺不定。

☐ **vantage** [`væntɪdʒ] *n.* 優勢；優越的位置

考 The place, well equipped, comfortable, with first
floor balcony and large deck, provides a pleasant
_____ for watching the wildlife. 【高醫】
(A) vantage　　(B) daredevil　　(C) mount
(D) recruitment　　(E) constraint
答案：A

☐ **venerate** [`vɛnə͵ret] *v.* 尊敬；崇敬 **G T I**
veneration [͵vɛnə`reʃən] *n.* 尊敬；崇敬
venerable [`vɛnərəbl] *adj.* 值得尊敬的；(因高齡、德
行) 令人肅然起敬的 **T**

考 A memorial was erected in **veneration** of the dead
of both world wars. 【中國醫】
(A) fearfulness　　(B) reverence
(C) seniority　　(D) truth
答案：B

☐ **verbiage** [`vɜbɪɪdʒ] *n.* 廢話；冗詞；措辭 **G**

5 **versatile** [ˋvɝsət!] *adj.* 多才多藝的；多功能的 ❶ ❶
versatility [ˌvɝsəˋtɪlətɪ] *n.* 多才多藝；多功能

考 This musician is known for his _____. He can play five different musical instruments well.

【109 義守】

(A) versatility (B) disparity (C) fertility (D) tenacity

答案：A

考 Gabriel García Márquez was one of the most _____ and accomplished writers of his age.

【110 高醫】

(A) versatile (B) dull (C) inept
(D) amateur (E) inflexible

答案：A

🎧 MP3 104

6 **vigilant** [ˋvɪdʒələnt] *adj.* 警戒的；警惕的 ❺ ❶ ❶
vigilance [ˋvɪdʒələns] *n.* 警惕（性）；警覺

考 Great **vigilance** is required from all of us as this is an emergent situation.【高醫】

(A) courage (B) watchfulness (C) intelligence
(D) energy (E) excitement

答案：B

7 **vindicate** [ˋvɪndəˌket] *v.* 證明……無辜 ❺ ❶ ❶

考 They prepared to take extreme measures to **vindicate** their earlier statements.【中國醫】

(A) restate (B) justify (C) issue (D) evaluate

答案：B

8 **virile** [ˋvɪrəl] *adj.* 男人的；有生殖力的；強壯的 G
   virility [vəˋrɪlətɪ] *n.* 生殖力；男子氣；剛強 G

9 **virulence** [ˋvɪrjələns] *n.* 劇毒；惡意
   virulent [ˋvɪrjələnt] *adj.* 劇毒的；致命的 G T

   考 The city government's decision to tear down the
   fruit market met with _____ opposition from
   local citizens. 【109 慈濟】
   (A) affluent   (B) redundant
   (C) concordant   (D) virulent
   答案：D

10 **vitriolic** [ˌvɪtrɪˋɑlɪk] *adj.* 硫酸的；刻薄的 G

   考 The review of the new talk show was so **vitriolic**
   that we all expressed doubts about the reviewer's
   background. 【111 高醫】
   (A) caustic   (B) flattering   (C) insightful
   (D) nonsensical   (E) unprofessional
   答案：A

🎧 MP3 105

11 **vociferous** [voˋsɪfərəs] *adj.* 喧囂的 G T

   考 When health authorities have attempted to do so,
   there has been immediate and **vociferous**
   opposition, forcing a rapid reversal of policy. 【109 高醫】
   (A) equivocal   (B) impending   (C) complementary
   (D) strident   (E) veritable
   答案：D

12 **wholesome** [`holsəm] *adj.* 有益身心的;健全的 🅣

反義 **unwholesome** [ʌn`holsəm] *adj.* 不健康的;有害的

考 The food is prepared entirely with **wholesome**, fresh ingredients. 【中國醫】

(A) a lot of   (B) home-grown

(C) healthy   (D) expensive

答案:C

13 **wisecrack** [`waɪzˌkræk] *n.* 俏皮話

14 **xenophobia** [ˌzɛnə`fobɪə] *n.* 仇外心理;懼外 🅖

考 A large number of refugees fleeing from their own war-ridden or corrupt countries to other ones might eventually arouse _____ from their recipient counterparts. 【111 中興】

(A) claustrophobia   (B) aerophobia

(C) xenophobia   (D) homophobia

(E) pathophobia

答案:C

PART 2

文法句型.

📖 **Contents** 目錄

文
法

句
型

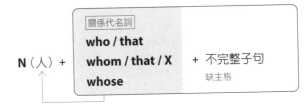

例 The *man* who stands(V) there is my father.

站在那裡的 *那個人*是我爸爸。

文法
句型

考題應證

考 Many children, _____ parents are away working in big cities, are taken good care of in the village. 【111 義守】
(A) their (B) whose (C) where (D) with whom
答案：B

考 South Korea said there was no <u>discernible</u>
                              (A)
<u>development</u> in the North, <u>but</u> Kim, <u>missed</u> the
                       (B)   (C)
birthday of his grandfather, the country's founder,
<u>hasn't been seen</u> publicly <u>since</u>. 【高醫】
    (D)   (E)
答案：(C) missed 應改為 who missed

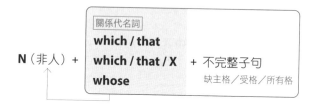

關係代名詞

N（非人）+ which / that
which / that / X + 不完整子句
whose

缺主格／受格／所有格

例 This is *the book* **which** caused quite a sensation.

這就是 引起轟動的 *那本書*。

✍考題應證

考 Currently the most abundant type of litter in the
ocean, plastic debris <u>impacts</u> most visibly on the
                (A)

ingestion, suffocation and entanglement of hundreds
of marine <u>species</u>, most of <u>them</u> die of starvation as
       (B)   (C)

their stomachs become filled <u>with</u> plastic while also
               (D)

<u>suffering</u> from lacerations, infections, reduced ability
  (E)

to swim and internal injuries. 【111 清華】

答案：(C) them 應改為 which (most of which = most of the
        marine species)

★ 形容詞子句前後不加逗號時為「限定用法」。

例 I have a sister **who** lives in America.

我有一個住在美國的妹妹。

→ 我還有其他妹妹，故需加以限定才能清楚溝通。

★ 形容詞子句前後加逗號時為「補述用法」。

例 I have a sister, **who** lives in America.

= I have a sister, **and she** lives in America.

我有一個妹妹，她住在美國。

→ 我只有一個妹妹。（因僅一個妹妹，無限定必要。）

✍ 考題應證

考 On the first day of school we were welcome by the teachers, _____ were experts in linguistics. 【111 高醫】

(A) each of whom

(B) most of them

(C) most of whom

(D) and much of them

(E) and most of whom

答案：(A) whom 代替 teachers

考 This prominent scholar trained a great number of clinical psychologists, many of _____ established their own clinics or laboratories. 【中國醫】

(A) which   (B) that

(C) who   (D) whom

(E) whose

答案：(D) whom 代替 clinical psychologists

考 I watched two new films, _____ was very interesting.
【高醫】

(A) both of them   (B) both of which

(C) either of them   (D) neither of them

(E) neither of which

答案：(E) which 代替 two new films

例 The earth goes around the sun, **which** proves to be true.

（which 代替 The earth goes around the sun）

= The earth goes around the sun, **and this/that/it** proves to be true.

地球繞著太陽轉，這證實是真的。

✍考題應證

考 Great people share, _____ is _____ made George Allen one of the greatest football coaches in the world.〔慈濟〕

(A) what, which   (B) that, which

(C) which, that   (D) which, what

答案：(D) which 代替 Great people share

考 Elevated underemployment indicates the absence of professional job opportunities, _____ a brake on wage growth.〔中國醫〕

(A) that is acting out as

(B) where there turns to be

(C) which in turn acts as

(D) while in return it becomes

(E) whereby it turns out to be

答案：(C) which 代替逗號之前整句話

★ 原則上，不管先行詞為人或非人，皆可以使用關
係代名詞 that 來代替，但在以下幾種情形則一定
要用 that：

| 最高級 | the only | the same |
| 序數 | the very | the last |

＋ N（先行詞）＋ **that/whose** ＋ 不完整子句

☑ 考題應證

考 In 1884, Belva Ann Lockwood, a lawyer <u>who</u>
　　　　　　　　　　　　　　　　　　(A)

had appeared before the Supreme Court, <u>became</u> the
(B)　　　　　　　　　　　　　　　　　(C)

first woman <u>was nominated</u> for President of the
(D)

United States. 【慈濟】

答案：(D) 因為 the first，was nominated 應改為 that was
nominated

命題焦點 06 形容詞子句 ▶ 關係代名詞與介系詞的搭配

★ 介系詞與關係代名詞的搭配必須適當，句子才有意義。

正 The teacher made a speech **in which** she thanked us for the gift. (in which = in the speech)
老師作了演說，在演說中，她謝謝我們的禮物。

誤 The teacher made a speech **in that** she thanked us for the gift.
(關係代名詞前有介系詞時，不可用 that 來代替 who / whom / which)

☑ 考題應證

考 The pandemic has underlined the extent _____ digital interaction is no substitute for the real thing. 【111 慈濟】
(A) to which (B) for which
(C) of which (D) by which

答案：(A) ∵ Digital interaction is no substitute for the real thing to the extent.
在某個程度上，數位互動無法取代真實事物。

考 He wants to throw off the dutiful restraint _____ he's staked his life—as the injured son of an angry father, and as the patient husband of a demanding, irrational woman. 【110 中國醫】
(A) on which (B) against that
(C) with that (D) at which

答案：(A) ∵ He has staked his life on the dutiful restraint.
他已將他的生命賭在這盡職的克制上。

考 Dr. McDonough is a person _____. 【義守】

(A) in whom I don't have much confidence

(B) of that I don't have much confidence

(C) whom I don't have much confidence

(D) who I don't have much confidence

答案：(A) ∵ I don't have much confidence in him .

　　　　　我對他沒什麼信心。

考 The radio waves have offered the means _____ the universe has been determined 20 billion years of age.

【慈濟】

(A) by which　　(B) as those

(C) for what　　(D) all that

答案：(A) by which = by the means

★ 形容詞子句可以被簡化成形容詞片語，使句子變
得更精鍊，但是意義完全不變。

形容詞子句			形容詞片語	

| **N**
（先行詞） | + | 主詞
關代 | + | **V(s/es)** 主動句
be Ving 主動句
be Vpp 被動句 | → | **N**
（先行詞） | + | **Ving...**
Ving...
Vpp... |

例 The vase <u>which was broken</u> by Tom is an antique.
  → The vase <u>broken</u> by Tom is an antique.
  被湯姆打破的花瓶是個古董。

The baby <u>who sleeps</u> in the cradle is a girl.
→ The baby <u>sleeping</u> in the cradle is a girl.
睡在搖籃裡的嬰兒是個女孩。

文
法

句
型

✍ 考題應證

考 Neurologists believe that each virus is <u>capable of</u>
                                        (A)
  crossing into the brain <u>and damages</u> the fragile
                            (B)
  structures <u>controlling</u> the co-ordination of movement,
              (C)
  <u>knew as</u> the basal ganglia, initiating a process of
  (D)

degeneration <u>which can lead to</u> Parkinson's. 【111 高醫】
(E)

答案：(D) knew as 應改為 known as（改自 which is known as the basal ganglia）

考 This edited book offers up-to-date overviews of research methods _____ linguistic research. 【中國醫】
(A) used in   (B) using with
(C) being used to   (D) used up in
(E) in use

答案：(A) 改自 which are used in linguistic research

考 To provide relief for people _____ from unemployment, the government stepped into the domain of the private sector by becoming a large-scale employer. 【義守】
(A) suffered   (B) suffering
(C) to suffer   (D) with benefits

答案：(B) 改自 who suffer from unemployment 或 who are suffering from unemployment

考 Hwa Tou, _____ a medicine god, not only professed divine medicinal skills but also embodied many virtues. 【義守】
(A) was regarded as   (B) he was regarded as
(C) regarded as   (D) as regard

答案：(C) 改自 who was regarded as a medicine god

> ★ 關係副詞的作用是引導一個形容詞子句（關係子
> 句）用來限定前方先行詞。
>
> 關係副詞 = 連接詞 + 副詞 = 介系詞 + which

例 This is the house **where** I used to live.

這是我以前住的房子。

= This is the house <u>and</u> I used to live in <u>it</u>. (it = the house)

連接詞　　　　　　　　代名詞

= This is the house **which** I used to live in.

= This is the house **in which** I used to live.

文法

句型

★ 分裂句又稱強調句,用來強調句子中的特定內容, 句型如下:

It is/was + 被強調部分 + that/適當關係詞 + 句子剩餘部分

(分裂句的主詞固定用 it,動詞則依時態選用 is 或 was。)

例 直述句:I met her in the park yesterday. 我昨天在公園遇見她。

分裂句:→ It was **I** that/who met her in the park yesterday. 〈強調主詞〉 是我昨天在公園遇見她的。

→ It was **her** that/whom I met in the park yesterday. 〈強調受詞〉 我昨天在公園遇見的**是她**。

→ It was **in the park** that/where I met her yesterday. 〈強調地方副詞〉 我昨天是**在公園**遇見她的。

→ It was **yesterday** that/when I met her in the park. 〈強調時間副詞〉 我是**昨天**在公園裡遇見她的。

☑ 考題應證

考 ＿＿＿＿ in 1776 that the Declaration of Independence was signed. 【慈濟】

(A) It was　(B) There was　(C) Whenever　(D) While

答案:(A)

★ 複合關係代名詞本身兼含先行詞與關係代名詞的功能，而由其所引導的子句則為名詞子句：

複合關代作連接詞	可代換	意思
what	the thing(s) which all that	⋯⋯的事物
whatever	anything that	凡⋯⋯的事物
whoever	anyone who	凡⋯⋯的人 (s)
whomever	anyone whom	凡⋯⋯的人 (o)
whosever	anyone whose	凡⋯⋯的人的
whichever	any one that	哪一個人／物

文法 句型

✍考題應證

考 For every inch you tilt your head <u>forward</u>, the pressure
　　　　　　　　　　　　　　　　　　(A)

<u>on</u> your spine <u>doubles</u>. So if you're looking at a
(B)　　　　　(C)

smartphone <u>in</u> your lap, your neck is holding up <u>which</u>
　　　　　(D)　　　　　　　　　　　　　　　　(E)

feels like 20 or 30 pounds. 【高醫】

答案：(E) which 應改為 what

考 By studying fossils, paleontologists learn _____ forms of life thrived during various periods of the Earth's history.【中國醫】

(A) from   (B) its
(C) whose   (D) where
(E) what

答案：(E)（what forms of life 什麼生命形式）

考 A logarithm is _____ in algebra as an exponent.

(A) what it is known   (B) know what
(C) know what it is   (D) what is known
(E) known what it is

答案：(D)

命題焦點 **11** 以 **that/whether/if** 作連接詞的名詞子句

> ★ 由 that（無意義）與 whether、if（是否）引導名詞子句：

例 The truth is <u>that the earth is round</u>. 〈名詞子句作主詞補語〉
事實是地球是圓的。

例 <u>Whether he will come (or not)</u> depends on the weather. 〈名詞子句作主詞〉
他是否會來視天氣而定。

✍ 考題應證

考 _____ from the psychiatry raised some eyebrows at that time. 【111 高醫】
(A) That Billy Milligan was released
(B) Billy Milligan had released
(C) With Billy Milligan being released
(D) Of Billy Milligan had been released
(E) Billy Milligan was released

答案：(A)（raise some eyebrows 使人吃驚）

考 _____ of vision or smell might, without realizing it, affect who we choose as friends has been advised.
【110 高醫】
(A) Our sense that   (B) That our sense
(C) Sense   (D) For our sense
(E) Because our sense

答案：(B)

考 _____ journalists manipulate the order of the information to achieve more drama or other effects in their writing is inherent in all journalism. 【高醫】

(A) While   (B) Which

(C) That   (D) However

(E) Thus

答案：(C)

> 例 My father asked me **why** _I had_ not finished my work.
>
> 我父親問我為何沒完成我的工作。
>
> 誤 My father asked me **why** _had I_ not finished my work. 〈非子句結構〉

☑ 考題應證

考 Do you remember where _____ my watch?

(A) had I put

(B) had put I

(C) I had put

(D) put I

答案：(C)

文
法

句
型

假設語氣是一種用來表達「非事實」的句型。

基本句型如下：

	if 子句中的動詞	**主要子句中的動詞**
與現在 事實相反	were/過去式	would/could should/might ⎤+ V
與過去 事實相反	had + Vpp	would/could should/might ⎤+ have Vpp
與未來 事實相反	were to + V	would/could should/might ⎤+ V
	should (萬一) + V	would (will) could (can) should (shall) might (may) ⎤+ V

☑ 考題應證

考 If Shakespeare <u>was born</u> a <u>landed</u> noblewoman, with
　　　　　　　　(A)　　　　(B)

a father who believed in <u>educating</u> his daughters, she
　　　　　　　　　　　　(C)

<u>might have written and published</u> classical
　　　　　　(D)

tragedies—not unlike Shakespeare's Antony and
Cleopatra and Julius Caesar—and even per formed

224

and acted in them, but only in private performances for <u>family</u> and friends.【111 清華】

    (E)

答案：(A) was born 應改為 had been born

考 Time took its toll on her, and if she had not greeted me first, I _____ her for a complete stranger.【慈濟】

(A) will mistake   (B) will have mistaken

(C) would mistake   (D) would have mistaken

答案：(D)

考 Many people <u>will</u> be healthier and <u>wealthier</u> if they
        (A)   (B)

got on their bikes. <u>Not only</u> would roads be <u>less</u>
             (C)   (D)

polluted, but cyclists could expect a <u>longer</u> life.【高醫】
                          (E)

答案：(A) will 應改為 would

考 If she _____ carefully, she would not have had that terrible accident.

(A) drives   (B) drove

(C) has driven   (D) had driven

(E) would have driven

答案：(D)

若有時間單位出現在句中，應以此時間單位來判斷時態，若無，則以語意為準。

if 子句中的動詞	主要子句中的動詞
had Vpp + 過去時間	would/could/might/should... + have Vpp
were/Ved	would/could/might/should... + V + 現在時間
had Vpp + 過去時間	would/could/might/should... + V + 現在時間

☑ 考題應證

考 You _____ your paper **last Friday**, but it was not in my mailbox until this morning. 【111 中山】

(A) would have submitted　(B) should have submitted

(C) have submitted　(D) should submit

(E) would submit

答案：(B) 與過去事實相反：你上週五並未交報告。

考 You _____ a psychiatrist if you _____ harder at school.
【慈濟】

(A) would be, have studied

(B) would have been, would study

(C) could be, had studied

(D) will, had studied

答案：(C) 本題需以語意判斷，前後兩句必不同時間。

表達現在或對未來不確定的假設時，動詞使用如下：

if 子句中的動詞	主要子句中的動詞
現在式	① will/should/may/can + V ② 祈使句

☑ 考題應證

考 If it rains on Sunday, the game _____ for the third time.

(A) will be postponed

(B) has been postponed

(C) is to be postponed

(D) must have been postponed

答案：(A)

考 If you _____ my advice, everything will go smoothly.

(A) follow   (B) followed

(C) following   (D) will follow

答案：(A)

文法

句型

使用 wish 以表達願望的句型也是一種「非事實」，句型如下：

S + wish	were/Ved〈與現在事實相反的願望〉
	had + Vpp〈與過去事實相反的願望〉
	would/could/should/might + V〈表示未來的願望〉

☑ 考題應證

[考] I wish I _____ today off.
  (A) have   (B) had
  (C) will have   (D) can have
  答案：(B)

[考] I wish I _____ your advice, but I didn't listen to you at that time.
  (A) had taken   (B) would take
  (C) took   (D) was taking
  答案：(A)

用 as if/as though（彷彿；好像……似的）所引導的子
句也表達「非事實」。

S + V... **as if/as though S +**	were/Ved〈與現在事實相反〉
	had Vpp〈與過去事實相反〉
	would/should/could/might + V 〈表示未來的可能〉

☑ 考題應證

考 The young lady behaves as though she _____ an old
woman.

(A) is　　　　(B) was

(C) were　　　(D) has been

答案：(C)

用 It is time 表達「該是做……的時候到了」。

It is	(about) time (very) time (high) time	(that) + S + Ved... = (that) + S + should V...
		for 人 (O) + to V...

例 It is time (that) we went home.

我們回家的時候到了。

= It is time (that) we should go home.

= It is time for us to go home.

★ 這種假設語氣的概念主要還是在於跟現在事實相反，因為當我們說 「該是做……的時候了」，顯然我們還沒有真正去做這一件該做的事 情，所以是跟現在事實相反。

若主要子句的動詞含有規勸、要求和命令等意，則其後從屬子句動詞時態用 should V，表示「應該做……」。

> **S1 + V**（要求／命令／堅持／建議）**+ that + S2 + (should)**
> **V/be Vpp**

以下列舉此類動詞：

要求：ask/demand/require/request

命令：order/command

堅持：insist/urge 督促；力勸／maintain 主張

建議：suggest/recommend/propose/advise

☑️ 考題應證

考 His friends recommended _____ the course. 【110 高醫】

    (A) John has to take   (B) that John takes

    (C) that John take   (D) that John to take

    (E) John taking

    答案：(C)（that John should take... → that John take）

考 We had a lot of discipline during childhood. Our teachers insisted that we _____ on time. 【義守】

    (A) being   (B) be

    (C) are   (D) had to

    答案：(B)（we should be on time → we be on time）

文法句型

用 It（虛主詞）is/was 搭配 necessary, important, essential, imperative, resolved, natural, a pity 等表達重要、必要或可惜等意的形容詞，其後的名詞子句動詞也用 should V，句型為：

It is/was + Adj. + that + S + (should) V/be Vpp

✍考題應證

考 It is essential that our price _____ competitive or our patrons may be lured to the cheap stores. 【慈濟】

(A) remain   (B) remains

(C) remaining   (D) to remain

答案：(A)（should remain → remain）

★ 與現在事實相反的假設

例 If you <u>didn't help</u> me, I <u>would fail</u>.
　　　　現在非事實　　　　現在非事實

要不是你幫我，我就失敗了！

→ If <u>it were not for</u> your help, I <u>would fail</u>.

→ But that you <u>help</u> me, I <u>would fail</u>.
　　　　　　現在事實　　　　現在非事實

（* 表達現在事實用現在簡單式）

→ But for your help, I would fail.

★ 與過去事實相反的假設

例 If you <u>hadn't helped</u> me, I <u>would have failed</u>.
　　　　過去非事實　　　　　　過去非事實

要不是當初你幫我，我早就失敗了。

→ If <u>it had not been for</u> your help, I <u>would have failed</u>.

→ But that you <u>helped</u> me, I <u>would have failed</u>.
　　　　　　過去事實　　　　過去非事實

（* 表達過去事實用過去簡單式）

→ But for your help, I would have failed.

考 The bookstore _____ closed many years ago but for the insistence of the customers to keep it open. 【高醫】

(A) would be

(B) were

(C) would have been

(D) had been

(E) has been

答案：(C)

★ 在假設語氣 If 句型中若要將連接詞 if 省略，主詞動詞
必須倒裝。

If 句型	省略 **if**，倒裝
If + S + ⎰ were Vpt had Vpp were to should V V(s/es) ⎱	⎰ Were + S… Did + S + V… Had + S + Vpp… Were + S + to + V… Should + S + V… Do/ Does + S + V… ⎱

★ 代換

If（如果）	In case + 子句 = In case of + N On condition that Provided (that) Providing (that) Supposing (that)
wish	Would(that) / If only
as if	as though
But that	Only that
But for	Without

考 _____ a nuclear plant go wrong, the impact on its surrounding area could be disastrous. 【義守】

(A) If (B) As (C) Should (D) Even if

答案：(C) 改自 If a nuclear plant should go wrong.

考 The impact of Thoreau's "On the Duty of Civil Disobedience" might not have been so far-reaching _____ for Elizabeth Peabody, who dared to publish the controversial essay. 【中國醫】

(A) it not having been (B) it is not being

(C) is it not being (D) had it not been

(E) have it not been

答案：(D) 改自 If it had not been for Elizabeth....

考 _____ we want to explore whether children's exposure to the Internet increase their verbal behaviors, we should conduct an empirical study. 【中國醫】

(A) To suppose (B) Supposing

(C) Supposed (D) Suppose

(E) Being supposed

答案：(B)

考 **If only** I _____ his address now.

(A) should know (B) knew

(C) had known (D) knowing

答案：(B) 本句等於 I wish (that) I knew his address now.

★ 直到……才……

例 We do **not** know the value of freedom **until** we lose it.

我們不知道自由的可貴，直到我們失去自由。

→ 直到失去自由，我們才知道自由的可貴。

= Until we lose it, we do not know the value of freedom.

= **Not until** we lose it, **do we** know the value of freedom.

= It is not until we lose it, that we know the value of freedom.（分裂句型）

✍ 考題應證

考 Not until I lay in bed _____ the quiz tomorrow.【義守】

(A) did I think of   (B) I thought of

(C) did I not think of   (D) I didn't think of

答案：(A)

考 _____ that the modern American game of football came into being.

(A) It was not until the 1870's

(B) Not until the 1870's

(C) Until the 1870's it was not

(D) It was until the 1870's

答案：(A)

考 Gasoline-powered, internal-combustion-engine-propelled vehicles <u>had been</u> around for more than
　　　　　　　　　　　　　　　　　　　　(A)
<u>a quarter-century</u> by the start of the 1920s, but not
　(B)
until that decade <u>they became</u> a central factor in the
　　　　　　　　　(C)
everyday lives of ordinary Americans, Mass production, together with innovations in design, engineering, manufacture, and sales <u>brought</u> a new or
　　　　　　　　　　　　　　　　　　　　　(D)
used car, truck, or tractor <u>within the reach of</u>
　　　　　　　　　　　　　(E)
most people. 【111 清華】

答案：(C) they became 應改為 did they become（因為 not until 之故，應改倒裝）

238

★ 一……就……

例 ① 時態一致

As soon as the thief **saw** the policeman, he **ran** away.

小偷一看見警察就跑了。

= **The moment/The minute/The instant** the thief **saw** the policeman, he **ran** away.

② 先完後簡（可能倒裝）

= **No sooner had** the thief **seen** the policeman **than** he **ran** away.

= **Hardly/Scarcely/Rarely had** the thief **seen** the policeman **when/before** he ran away.

= The thief **had** no sooner **seen** the policeman than he ran away.

= The thief **had** hardly **seen** the policeman when/before he ran away.

= On seeing the policeman, the thief ran away.

考 _____ they burst into tears. 【義守】

(A) No sooner than they heard the bad news

(B) No sooner they heard the bad news than

(C) No sooner they hear the bad news than

(D) No sooner had they heard the bad news than

答案：(D)

考 Hardly _____ started when I heard a man call my name.

(A) did the car

(B) had the car

(C) the car had

(D) the car did

答案：(B)

★ 每次……都……

例 **Each time/Every time** he goes to the bookstore, he buys some books.

每次他去書店，都會買書。

= When he goes to the bookstore, he always buys some books.

= **Whenever** he goes to the bookstore, he buys some books.

= He **never** goes to the bookstore **but** he buys some books.

= He **never** goes to the bookstore **without** buying some books.

他絕不會去書店卻不買書。

☑考題應證

考 ＿＿＿＿＿ it rains, Mrs. Gorden's elbows ache.

(A) Always   (B) Sometimes

(C) Whenever   (D) Often

答案：(C)

★ 如此……以致於……

例 她是如此美麗，以致每個男孩都喜歡她。

	so beautiful	**that** every boy likes her.
She is	so beautiful a girl	**as to** be liked by every boy.
	such a beautiful girl	

例 她們是如此美麗，以致每個男孩都喜歡她們。

	so beautiful	**that** every boy likes them.
They are	so beautiful girls (誤)	**as to** be liked by every boy.
	such beautiful girls	

✎ 考題應證

考 Some <u>species</u> of baby <u>fish</u> are <u>too</u> tiny and transparent
    (A)   (B) (C)
that they are almost <u>invisible</u>.
         (D)

答案：(C)

★ 以便於……；為了……

例 他用功讀書為了上大學。

He studies hard **so that** he may go to college.

He studies hard **in order that** he may go to college.

= He studies hard **to** go to college.

= He studies hard **in order to** go to college.

= He studies hard **so as to** go to college.

= He studies hard with an eye to
　　　　　　　　　with a view to
　　　　　　　　　with the view of　｝ going to college
　　　　　　　　　for the purpose of
　　　　　　　　　for the sake of

= He studies hard **lest** he should not go to college.
　他用功讀書以免他上不了大學。

= He studies hard **for fear that** he should not go to
　college.

= He studies hard **for fear of** not going to college.
　他用功讀書唯恐他上不了大學。

考 John said that he had to run in order _____.

(A) that he catch the bus

(B) that he can catch the bus

(C) to catch the bus

(D) to the bus he could catch

答案：(C)

考 They turned off the air conditioning _____ their catching a cold. 【義守】

(A) for fear that

(B) for fear to

(C) fear to

(D) for fear of

答案：(D)

★ 因為……；既然……

例 I did not go out **because** it rained.

我因為下雨，沒出門。

= **Because** it rained, I did not go out.

= It rained, so I did not go out.

= I did not go out ┌ **because of** rain.

on account of rain.

└ **due to/owing to** rain.

例 You should not despise him **because** he is poor.

你不應輕視他因為他很窮。（誤）

你不應因為他窮而輕視他。（正）

例 **Since** you are a college student, you should control yourself.

= You should control yourself **since** you are a college student.

既然你是個大學生，你應控制你自己。

文法 句型

★ 然而……

例 Some countries are rich **while/whereas** some countries are poor.

= **While/Whereas** some countries are poor, some countries are rich.

有些國家富有，然而有些國家窮困。

☑ 考題應證

考 It has been reported that the distribution of wealth is very uneven in the highly capitalist countries. Most of the wealth is in the hands of a privileged few, _____ the majority are stricken with poverty. 【高醫】

(A) whereas　　　　(B) if

(C) because　　　　(D) as well as

(E) since

答案：(A)

考 _____ many people regard Michael as a really talented young man, still others thought him a liar.

(A) Therefore　　　　(B) While

(C) Nevertheless　　　(D) Moreover

答案：(B)

★ 雖然……但是……

例 Though/Although I am a teacher, I don't know everything.

雖然我是老師，但不是什麼都懂。

= I am a teacher but I don't know everything.

= **Teacher as/though I am**, I don't know everything.

= Despite (of)
　 In spite of
　 For all ⎱ being a teacher, I don't know everything.
　 With all

文
法

句
型

✍ 考題應證

考 Divorce can be, _____ its initial devastation, a step toward new health and a good life. 〔111 高醫〕

(A) despite

(B) though

(C) owing to

(D) except for

(E) so as to

答案：(A)

考 _____ its inherent danger, many people believe that nuclear energy is a clean and potentially inexhaustible source of energy. 【高醫】

(A) Due to
(B) Even though
(C) Given that
(D) In case
(E) In spite of

答案：(E)

考 He decided to go for a sailing holiday _____ the fact that he was usually seasick.

(A) because of
(B) in spite of
(C) in case of
(D) as a result of

答案：(B)

★ 肯定句型

$$
\begin{array}{l}
as + \left[\begin{array}{l} Adj. + (N) \\ Adv. \end{array}\right] + as... （和……一樣）\\
（副）\qquad\qquad\qquad （連）\\
= the\ same + N + as...
\end{array}
$$

例 A horse is <u>as strong (an animal) as</u> a buffalo (is).

馬是和水牛一樣強壯的（一種動物）。

例 I have as many books as he (has/does).

我有和他一樣多的書。

= I have the same number of books as he (has).

✐ 考題應證

考 The pedestrian has _____ rules to follow as the driver of a vehicle.

(A) as many (B) so much

(C) more (D) such a

答案：(A)

★ 否定句型

$$\text{not so/as} + \begin{bmatrix} \text{Adj.} + \text{(N)} \\ \text{Adj.} \end{bmatrix} + \text{as...}$$

（不像……一樣／如此）

例 He is not so tall as I (am).

他不像我一樣高。

= 他不如我高。

= He is shorter than I (am).

他比我矮。

★ 表達差距之句型

例 I am **ten years** older than she (is).

我比她大十歲。

= I am **ten years** senior to her.

= I am **ten years** her senior.

= I am older than she **by ten years**.

= I am senior to her **by ten years**.

= I am her senior **by ten years**.

★ 表達倍數之句型

例 I am **double** as old as she (is).

我的年紀是她的兩倍大。

= I am **double** older than she (is).

✓考題應證

考 The house is very big and beautiful. I think the rent
must be _____ as that one.

(A) three times more

(B) three times as much

(C) as many three times

(D) as three times more

答案：(B)

考 Staying at a hotel costs _____ renting a room in a dormitory for a week.

(A) as twice as much

(B) twice as much as

(C) as much twice as

(D) as much as twice.

答案：(B)

考 The Franklin stove, which became common in the 1790s, burned wood _____ an open fireplace.

(A) efficiently much more than

(B) much more efficiently than

(C) much more than efficiently

(D) more efficiently much than

答案：(B)

★ 自身比較時，一律用 more 或 less 形成比較級

例 She is more diligent than wise.

她是勤奮＞聰明。

= She is less wise than diligent.

= She is <u>not so much</u> wise as diligent.

　與其說她聰明，不如說她勤奮。

= She is not wise <u>so much as</u> diligent.

= She is diligent <u>rather than</u> wise.

　她是勤奮，不是聰明。

文
法

句
型

★ 表達「愈……，就愈……」的比較級句型：

The 比較級 + S + V... , the 比較級 + S + V...

✏️ 考題應證

考 <u>The more</u> we give, <u>the more happy</u> we <u>will be</u> in the
　　(A)　　　　　　　　(B)　　　　　　(C)　(D)
future.

答案：(B) the more happy 應改為 the happier

例 New York is <u>the largest city</u> in America.

紐約是美國最大的城市。

= New York is <u>larger than any other city</u> in America.
〈比較級〉

= New York is <u>larger than all the other cities</u> in America. 〈比較級〉

= <u>No other city</u> in America is so large as New York. 〈原級〉

= <u>No other cities</u> in America <u>are</u> so large as New York. 〈原級〉

比較

New York is larger than <u>any city</u> in Taiwan. （不需用 other）

紐約比台灣的城市大。

= New York is larger than <u>all the cities</u> in Taiwan.

= <u>No city</u> in Taiwan is <u>so</u> large as New York.

= <u>No cities</u> in Taiwan <u>are</u> so large as New York.

☑ 考題應證

考 Malaysia <u>produces</u> more <u>tin</u> than <u>any</u> country
           (A)   (B)   (C)

<u>in the world</u>.
    (D)

答案：(C) any 應改為 any other

倒裝句型 ①

★ Only + 副詞（單字／片語／子句）置於句首時後
接倒裝句型

Only + ⎧ 副詞單字
⎨ 副詞片語 + 倒裝句
⎩ 副詞子句

☑考題應證

考 _____, can we be sure of passing our examination.

(A) It is hard studying

(B) Only by studying hard

(C) By hard studying only

(D) If we study hard

(E) It's hard to study

答案：(B)

考 Only after these issues are addressed _____ this
option. 【中國醫】

(A) I will consider   (B) were I to consider

(C) will I consider   (D) I am to consider

(E) to consider

答案：(C) 改自 I will consider this option.

★ 否定副詞（單字、片語）置於句首時要用倒裝句型

✍考題應證

考 Not only _____ generate energy, but it also produces fuel for other fission reactors. 【111 義守】

(A) a nuclear breeder reactor does

(B) it is a nuclear breeder reactor

(C) does a nuclear breeder reactor

(D) is a nuclear breeder reactor

答案：(C) 改自 a nuclear breeder reactor not only generates energy

考 ONot only _____ in the field of psychology, but animal behavior is explored as well. 【110 高醫】

(A) human behavior

(B) is studied human behavior

(C) is human behavior studied

(D) human behavior is studied

(E) human behavior is studying

答案：(C) 改自 human behavior is not only studied in the field....

考 _____ kind man before.

(A) Never I met with such

(B) Never have I met with such a

(C) I never met with such

(D) Never I have met with a such

答案：(B) 改自 I have never met with....

文法
句型

★ 補語置於句首時，其後要接倒裝句。

☑ 考題應證

考 So determined _____ that he started his scientific experiment at a young age.

(A) Edison became

(B) did become Edison

(C) Edison did become

(D) did Edison become

答案：(D) 改自 Edison became so determined

考 <u>Precious</u> <u>is</u> the blessings <u>which</u> the books scatter
　　(A)　(B)　　　　　(C)

around our <u>daily</u> paths.
　　　　　(D)

答案：(B) is 應改為 are。改自 the blessings are precious...

★ 以下句型一定要用不定詞 to V

1. **S + be + too Adj./Adv. ... + to V**
   （太……而不能……）
2. **S + be + too... not to V...**
   （太……而不會不……）

☑ 考題應證

考 The words on the wall are _____ be recognized.

(A) too vague to

(B) too vague not to

(C) so vague that

(D) so vague as to

答案：(A)

★ to V 可接在形容詞後，常見的形容詞列舉如下：

S + beV +	able 能夠、likely 可能的、 apt 易於、liable 易於、 eager 渴望的、pleased 樂於、 determined 堅決的、 obliged 必須要、glad 樂於、 ready 準備要、anxious 急於、 delighted 樂於、inclined 傾向於、 fit 適合、willing 願意的	+ to V…

✍ 考題應證

考 He felt <u>so weak</u> that he <u>was obliged</u> <u>to sending</u> <u>for</u> a

        (A)   (B)   (C)   (D)

doctor.

答案：(C) to sending 應改為 to send

★ 下列動詞之後先接受詞，以不定詞作為受詞補語。

S +	get 使、compel 強迫、force 強迫、allow 允許、order 命令、cause 導致、enable 使能夠、permit 允許、tell 告訴、ask 要求、persuade 說服、urge 主張、teach 教	+ O + to V...

☑**考題應證**

考 The <u>invention</u> of computers <u>enables</u> modern people
      (A)   (B)

 <u>deal with</u> a lot of information very <u>rapidly</u> at the same
    (C)   (D)

 time.

答案：(C) deal with 應改為 to deal with

考 After <u>mailing</u> many application forms, Jack <u>finally</u>
      (A)   (B)

 <u>persuaded</u> a professor <u>accepted</u> his application.
    (C)   (D)

答案：(D) accepted 應改為 to accept

> ★ 非人為主詞時，以下動詞後接動名詞或不定詞（被動）作受詞。

	動詞	受詞
主詞 （非人）	need 需要 want 想要 require 需要 deserve 應得	Ving = to be Vpp

✍ 考題應證

考 Several of these computers are out of order and need

_____.

(A) to fix   (B) to be fixed

(C) to fixing   (D) to be fixing

答案：(B)

考 Jack's excellent performance deserves _____.

(A) to praise   (B) to be praised

(C) praised   (D) be praised

答案：(B)

使役動詞		受詞補語	
		主動	被動
make	受詞	~~to~~ V	Vpp
have		~~to~~ V	Vpp
let		~~to~~ V	be Vpp

📝 考題應證

考 The human resources director made all job applicants
_____ an English test. 【義守】
(A) take
(B) takes
(C) to take
(D) had taken
答案：(A)

考 If you ask nicely, Mother will probably _____ a piece
of cake.
(A) have you to have
(B) make you to have
(C) let you have
(D) allow you have
答案：(C)

★ 和前述的幾個使役動詞一樣，接在感官動詞之後的受詞補語也須使用原形動詞，或是使用 Ving/Vpp，而其所表達的意義不同。

感官動詞		受詞補語	
see, watch, look at, hear, listen to, feel, notice…	受詞	V…（省略 to）	主動，動作發生
		Ving…	主動，動作持續
		Vpp…	被動

> ★ 表達「忍不住……；不得不……」的片語有以下
> 幾個寫法，請注意片語後方動詞變化：

cannot but + **V**
cannot help but + **V**
cannot choose but + **V**
cannot help + **Ving**

例 I can't but laugh. 我忍不住笑出來。

= I can't help but laugh.

= I can't choose but laugh.

= I can't help laughing.

☑ 考題應證

考 Mary couldn't _____ to see her boyfriend cry.

(A) help surprising

(B) help being surprised

(C) help surprise

(D) help to be surprised

答案：(B)

★ 必須搭配動名詞 (Ving) 作為受詞的動詞：

avoid 避免	deny 否認	miss 錯過
admit 承認	enjoy 喜歡	postpone 延後
anticipate 期待	escape 逃避	pardon 原諒
appreciate 感激	excuse 原諒	practice 練習
burst out 突然	envy 羨慕	resist 抗拒
complete 完成	fancy 想像	put off 延後
confess 坦白	finish 完成	quit 停止
consider 認為	forgive 原諒	suggest 建議
defer 延期	imagine 想像	can't help 不得不
delay 延後	mind 介意	

☑ 考題應證

考 I appreciated _____ the opportunity to study abroad two years ago.【義守】
(A) having been given
(B) having being given
(C) to have been given
(D) to have given
答案：(A)

考 The man confessed _____ a fever last night. 【義守】
(A) having had　　　　　(B) have had
(C) to having had　　　 (D) have
答案：(A)

考 Although he was a teenager, Fred could resist _____
what to do and what not to do. 【義守】
(A) to be told　　　　　(B) having being told
(C) being told　　　　　(D) to have been told
答案：(C)

> ★ 以下幾個動詞搭配 to V 或 Ving 作為受詞時的意
> 思不同：

動詞	受詞
remember 記得 forget 忘記 regret 後悔 stop 停止	Ving → 指已發生之事 to V → 指未發生之事

☑ 考題應證

考 I forgot _____ the door, so I went back home and locked it the second time. 【高醫】

(A) to lock
(B) locking
(C) lock
(D) locks
(E) of locking

答案：(B)

考 The Wangs wanted to give their only daughter every advantage. However, they now regret _____ her with too many material possessions.

(A) provided
(B) having provided
(C) having been provided
(D) to have provided
(E) to have been provided

答案：(B)

★ spend 這個動詞的主詞只能是「人」，用法如下：

S（人）+ spend + 時間／金錢 **+ (in) Ving**

→ 表示「某人花了多少錢或時間在做某事」

S（人）+ spend + 時間／金錢 **+ on** 名詞

→ 表示「某人花了多少錢或時間在某事上」

☑ 考題應證

考 He spent a lot of money _____ books and magazines.

    (A) buy   (B) buying

    (C) to buy   (D) bought

    答案：(B)

★ 表示「在某方面有困難」或「在某方面很好玩」，
固定句型如下：

$$S + have/has + \begin{cases} \text{difficulty 困難} \\ \text{trouble 麻煩} \\ \text{a hard time 痛苦時刻} \\ \text{fun 快樂} \\ \text{a good time 美好時刻} \end{cases} + (in) + Ving$$

✍ 考題應證

考 People snore because they have trouble _____ while they are asleep.

(A) breathing   (B) to breathe

(C) breath   (D) being breathed

答案：(A)（省略 in）

考 He had trouble <u>to find</u> out <u>whether</u> the capital of the
               (A)   (B)

country <u>lay</u> in the coastal area <u>or in</u> the mountains.
      (C)   (D)

答案：(A) to find 應改為 finding（省略 in）

★ 重要慣用句型

1	There is no **Ving**…（……是不可能的；無法……..） = It is impossible **to V**...
2	feel like + Ving（感覺想……）
3	go + Ving（去……）
4	no + Ving（禁止……）
5	on(upon) + Ving（一……就……）
6	It goes without saying that + 子句（無庸置疑的是……）
7	on the point of Ving（即將……） = on the verge of Ving = about to V
8	What do you say to + N/Ving（……意下如何？）
9	It is no use(good) + Ving（……是沒有用的） = It is of no use/useless/not useful + to V
10	S be worth + Ving（……是值得……） = S be worthy + of Ving/to V → 有主、被動之分 = It be worth while + to V/Ving = It pays to V...
11	be busy + (in) Ving/with N.（忙著……）
12	be/get/become + used to/accustomed to + Ving （習慣於）

✏ 考題應證

考 Unlike most Europeans, many Americans today _____ bacon and eggs for breakfast every day.
- (A) used to eat
- (B) used to eating
- (C) are used to eating
- (D) are used to eat

答案：(C)

考 Jimmy and I were used to _____ with the light on, but the doctor told us to change this habit. 【高醫】
- (A) sleep
- (B) sleeping
- (C) be sleeping
- (D) slept
- (E) have been slept

答案：(B)

考 "Where were you yesterday?" "We went _____ with some of my friends."
- (A) to hike
- (B) hiking
- (C) on hiking
- (D) for hiking

答案：(B)

考 Aspirin is <u>used to lessening</u> the <u>effect</u> of pains, <u>such as</u>
        (A)   (B)   (C)   (D)
headache, toothache, and sore throat.

答案：(B) lessening 應改為 lessen

考 The silkworm is an insect worth _____.
- (A) to know
- (B) knowing
- (C) to be known
- (D) being known

答案：(B)

★ 重要慣用片語

1	far from 絕非、遠非
2	abandon oneself to = be abandoned to 自棄於……
3	devote oneself to = be devoted to 獻身於……
4	dedicate oneself to = be dedicated to 獻身於……
5	add to 增加……
6	look forward to 期待……
7	be addicted to 沉溺於……
8	be adjusted to = adjust oneself to 適應於……
9	be familiar with 對……熟悉
10	be familiar to 為……所熟悉
11	object to = be opposed to 反對……
12	due to = owing to 由於……
13	in addition to 除……之外
14	take to 喜歡……
15	with a view to = with an eye to 為了……
16	see to 注意；負責；照料
17	subject to 使服從

文法 句型

18	according to 根據；依照
19	come to 談到
20	prefer... to... 寧願……不要……
21	be exposed to 暴露於……
22	as to 關於……
23	be equal to 與……相等
24	with regard to 關於……
25	stick to 堅持……

✍ 考題應證

考 If there <u>are</u> a lot of <u>interesting</u> people and good food, I
　(A)　　　(B)　　　　　　(C)

won't object <u>to come</u> to your party.
　　　　　　(D)

答案：(D) to come 應改為 to coming

考 <u>For</u> more than forty years Dr. Sun Yat-sen devoted
(A)

himself <u>to create</u> the first <u>democratic</u> country in Asia.
　(B)　　(C)　　　　　　　(D)

答案：(C) to create 應改成 to creating

考 He is decorating the house with a view to _____ it.

(A) sell　　　　　　　　(B) selling

(C) he wants to sell　　(D) be selling

答案：(B)

考 None of us objected to _____ George to the birthday party.

(A) invite　　　　　　(B) inviting

(C) have invited　　　(D) invited

答案：(B)

★ 情緒動詞用法

A + 情緒 **V** + **B**（A 使 B……）

= **B** + **be 情緒 Vpp** + 介詞 + **A**（B 對 A 感到……的）

= **A** + **be 情緒 Ving** + **to** + **B**（A 對 B 而言是……的）

例 English interests me. 英文使我有興趣。

= I am interested in English. 我對英文很感興趣。

= English is interesting to me. 英文對我來說很有趣。

此類動詞有：

Vpp	Ving
be surprised at 感到驚訝	surprising 令人驚訝的
be astonished at 感到驚訝	astonishing 令人驚訝的
be excited at/about	exciting 令人興奮的
感到興奮	satisfying/satisfactory
be satisfied with 感到滿意	令人滿意的
be contented with 感到滿意	delighting 令人高興的
be delighted with 感到高興	pleasing 令人高興的
be pleased with 感到高興	amusing 令人愉快的
be amused at/with 感到愉快	amazing 令人驚訝的
be amazed at 感到驚訝	disgusting 令人厭惡的
be disgusted at 感到厭惡	annoying 令人厭煩的
be annoyed at/with 感到厭煩	terrifying 令人害怕的
be terrified at/with 感到驚訝	horrifying 令人害怕的
be horrified at/with 感到驚訝	confusing 令人迷惑的

be confused with 感到困惑	puzzling 令人迷惑的
be puzzled with 感到困惑	boring 令人無聊的
be bored with 感到無聊	tiring 令人疲倦的
be tired with 感到疲倦	exhausting 令人疲倦的
be exhausted with 感到疲倦	tiring 令人厭煩的
be tired of 感到厭煩	interesting 令人興趣的
be interested in 感到興趣	disappointing 令人失望的
be disappointed in/with	embarrassing
感到失望	令人難為情的
be embarrassed with	convincing 令人相信的
感到難為情	frightening 令人害怕的
be convinced of 感到信服	
be frightened at 感到驚訝	

文法

句型

☑️ 考題應證

考 _____ with his report, I told him to write it all over again.

(A) Dissatisfactory　　(B) Not being satisfied

(C) Having not satisfied　　(D) Dissatisfying

答案：(B)

考 I was <u>delighting</u> to see <u>several</u> old friends <u>whom</u> I
　　　　(A)　　　　　　(B)　　　　　　(C)

<u>had not seen</u> for five years.
　　(D)

答案：(A)

考 Alex was very _____ when he heard that he hadn't passed the exam.
(A) disappoint
(B) disappointing
(C) disappointed
(D) disappointment
答案：(C)

考 The hotel room was so dirty that I was _____ and complained to the manager.
(A) embarrassing
(B) disgusted
(C) disgusting
(D) embarrassed
答案：(B)

考 I become _____ after watching too much television.
(A) bored
(B) boring
(C) bore
(D) bores
答案：(A)

考 People find that indulging in addictive activities temporarily _____ some psychological needs, making them feel good for a short time. 【慈濟】
(A) satisfy
(B) satisfies
(C) satisfied
(D) being satisfied
答案：(B)

★ 下列動詞後面可接分詞搭配動詞同時發生。

```
┌ go 去
│ come 來    ┌ Ving → 表示與主要動詞同時、主動地發生。
│ stand 站 + │
│ sit 坐     └ Vpp → 表示與主要動詞同時、被動地發生。
└ Lie 躺
```

例 John stood talking with his teacher.

約翰站著和老師交談。

He came running.

他跑著過來。

★ 下列動詞後面接分詞當作受詞補語。

```
┌ leave 留下          ┌ Ving
│ find 發現    + O +  │
└ keep 讓、使          └ Vpp
```

✍考題應證

考 You must leave your room _____ to be on the safe side.

(A) lock   (B) to lock

(C) locking   (D) locked

答案：(D)

考 The heavy rain kept us _____ for two hours.

(A) wait   (B) waited

(C) waiting   (D) to wait

答案：(C)

考 The speaker found himself _____ all alone.

(A) leave   (B) to leave

(C) leaving   (D) left

答案：(D)

> ★ 將子句改為一般分詞構句的步驟：
> 1. 連接詞省略。
> 2. 因子句主詞與主要子句主詞相同，省略子句主詞。
> 3. 動詞依主、被動不同，改成分詞。

例 **After I had seen** my brother, I felt much relieved.
  → **Having seen** my brother, I felt much relieved.
  在見過我弟弟之後，我感到輕鬆多了。

  When it is seen from mountain, Taipei looks beautiful.
  → **(Being) seen** from mountain, Taipei looks beautiful.
  從山上看下去，台北很美。

文法
句型

✍ 考題應證

考 Strategically _____ Asia, the Americas, and Europe, Canada is an emerging hub of trade, innovation and investment, and a continuing arbiter of good governance and best practices. 【中國醫】
  (A) connecting to position
  (B) positioned to connect
  (C) connected to position
  (D) positioned to connecting
  (E) positioning to connect

  答案：(B) 連接詞 + Canada is positioned to connect

考 It is justifiable to say that the poison, _____, will be a kind of medicine. 【義守】

(A) when use in small quantity

(B) using when in small quantity

(C) when used in small quantity

(D) when using in small quantity

答案：(C) 改自於 when the poison is used in small quantity

考 The University of California, _____ in 1868, is administered by a president and governed by a twenty-four-member board of regents. 【中國醫】

(A) founded　　　　　(B) was founded

(C) has been founded　(D) to be founded

(E) to have founded

答案：(A)

考 Producing nearly forty percent of the oxygen in the world, _____. 【慈濟】

(A) Brazil is the place where the Amazon Rain Forest is located

(B) the Amazon Rain Forest's location is in Brazil

(C) the Amazon Rain Forest is located in Brazil

(D) and the Amazon Rain Forest locates in Brazil

答案：(A)

考 _____, follow the directions on the bottle carefully. 【中國醫】

(A) When taken drugs　(B) When one takes drugs

(C) When taking drugs　(D) In taking drugs

(E) Being taken drugs

答案：(C) 改自 When you take drugs

★ 將子句改為獨立分詞構句的步驟：

1. 連接詞省略。
2. 因子句主詞與主要子句主詞不相同，各自保留主詞。
3. 動詞依主、被動不同，改成分詞。

例 **When he was** studying, someone knocked at the door.

→ **He being** studying, someone knocked at the door.

當他正在讀書時，有人敲門。

☑ 考題應證

考 The vacation _____ over, the students came back to school.

(A) is (B) are

(C) was (D) being

答案：(D)

考 There _____ no taxi, we had to walk home after the movie.

(A) were (B) was

(C) had been (D) being

答案：(D)

★ 下列動詞後面可接分詞，表示搭配動詞同時發生。

```
┌ go 去
│ come 來     ┌ Ving → 表示與主要動詞同時、主動地發生。
│ stand 站 +
│ sit 坐       └ Vpp → 表示與主要動詞同時、被動地發生。
└ Lie 躺
```

例 He lay on the grass, **and the sun was shining**.

他躺在草地上，豔陽高照。

= He lay on the grass, <u>the sun shining</u>.

= He lay on the grass, <u>(with) the sun shining</u>.

✍ 考題應證

考 The article opens and closes with descriptions of two news reports, each _____ one major point in contrast with the other.【111 義守】

(A) makes　　　　(B) made

(C) is to make　　(D) making

答案：(D)

考 <u>Based</u> on real-life events in Hsinchu County's Beiqu
　　(A)

Township, Gold Leaf follows Chang Yi-hsin, a Hakka

tea tycoon's daughter, <u>who</u> faced the family business
　　　　　　　　　　　　　(B)

decline during Taiwan's period of hyperinflation in the
1950s and, <u>notwithstanding</u> the financial crisis, turned
        (C)

the tide with her indomitable will in her <u>negotiation</u>
             (D)

<u>with</u> foreign companies to win orders, <u>promoted</u>
          (E)

"Peng Fend Tea" on the international stage.【111 清華】

答案：(E) promoted 應改為 and promoted 或 promoting

★ 以下列舉一些含分詞結構形式的複合形容詞。

one-eyed 獨眼的	nice-looking 好看的
one-armed 獨臂的	easy-going 隨和的
kind-hearted 好心腸的	far-reaching 遙遠的
absent-minded 心不在焉的	on-coming 即將來臨的
narrow-minded 心胸狹窄的	man-eating 食人的
good-tempered 好脾氣的	peace-loving 愛好和平的
open-minded 心胸開闊的	English-speaking 說英語的
bad-tempered 壞脾氣的	hand-made 手工做的
gray-haired 白髮的	heart-broken 心碎的
ten-aged 10 歲的	new(ly)-laid 剛孵出的
bare-footed 赤腳的	high-born 出身高貴的
long-tailed 長尾的	ready-made 現成的
good-mannered 有禮貌的	out-spoken 心直口快的

✍考題應證

考 When the New York Police Department acquired a robotic dog last year, officials heralded the _____ device as a futuristic tool that could go places that were too dangerous to send officers. 【110 中國醫】

(A) fourth-legs   (B) four-legging

(C) fourth-leg   (D) four-legged

答案:(D)

考 The difficulty of finding that balance <u>has led some governments</u> to <u>radically rethink</u> their sector-by-sector,
        (A)   (B)

statute-by-statute <u>regulatory strategies</u>,
                    (C)

<u>replacing them</u> with a more coordinated
     (D)

<u>decision-made process</u> known as coastal and marine
        (E)

spatial planning (CMSP). 【111 清華】

答案：(E) decision-made 應改為 decision making

列舉如下：

generally speaking 一般來說

strictly speaking 嚴格地說

judging from… 根據……判斷

taking... into consideration 考慮到……

roughly speaking 大致說來

frankly speaking 坦白地說

speaking of… 談到……

comparatively speaking 比較地說來；相對而言

properly speaking 正確地說

☑考題應證

考 _____, reports are prepared for busy administrators.

(A) To speak generally

(B) Generally speaking

(C) General spoken

(D) Speaking generally

答案：(B)

在發音以母音開頭的單字前，用 an。
例 Tom is **an** honest man. Tom 是個誠實的人。

置於單數名詞前表示全體，有 any 的意思。
例 A dog is **a** faithful animal. 狗是忠實的動物。

表示「一」，和 one 相當。
例 Rome was not built in **a** day. 羅馬不是一天造成的。

表示「相同的」，和 the same 相當。
例 We are of **an** age. 我們的年紀相同。

表示「每一」，相當於 per 或 every 的意思。
例 The minimum speed limit for the highway is 90 kilometer **an** hour.
高速公路的最低速限是每小時 90 公里。

表示「某個」，相當於 some 或 certain。
例 **A** Mr. White called you this morning.
今天上午有個懷特先生打電話找你。

置於專有名詞之前，表示同類的人／物。
例 He wishes to be **an** Edison.
他希望成為像愛迪生這樣的人。

置於抽象名詞之前，表示該名詞已普通化。
例 She was **a** beauty. 她以前是個美女。

文法 句型

表示特定對象，有限定之作用。

例 Don't buy the house.

別買那幢房子。

在普通名詞之前表示該名詞全體。

例 The cow is a useful animal.

牛是一種有用的動物。

重提前面已談到的名詞時。

例 I need a maid. The maid must be able to cook.

我需要一名女僕。這名女僕必須會做飯。

和某些普通名詞結合可表示抽象概念。

例 The pen is mightier than the sword.

筆伐勝過劍誅。

表示宇宙間惟一的事物。

例 the sun、the moon、the earth...、the day 白天、
the east 東方……、the universe 宇宙、
the world 世界……

樂器名稱、計量單位名詞之前要加 the。

例 Gasoline is sold by the gallon.

汽油是按加侖賣。

She plays the piano.

她會彈鋼琴。

形容詞最高級、序數之前要加 the。

例 She lives on the second floor.

她住在二樓。

---

the 和形容詞結合可表示某種人（複數名詞），也可表示抽象概念（單數名詞）。

例 The beautiful attracts more attention than the good.

美比善更引人注意。

The rich should help the poor.

富人應幫助窮人。

文法 句型

稱呼用語、稱謂用語不加冠詞。

例 Waiter, bring my bill, please.

服務生，請拿帳單來。

Where is mother? 媽媽在那兒？

官職、身份、頭銜之前不用冠詞。

例 He was twice elected President.

他連任兩屆總統。

運動名稱、交通工具名稱之前不用冠詞。

例 by bus 搭公車、by air 搭飛機、play tennis 打網球

例 He likes basketball.

他喜歡籃球。

顏色、年份之前不用冠詞。

例 White is my favorite color.

白色是我最喜歡的顏色。

例 in 1980 在 1980 年

學科名稱、疾病名稱不加冠詞。

例 He teaches English in high school.

他在高中教英文。

✍️ 考題應證

考 An old woman was <u>run over</u> <u>by bus</u> and killed <u>while</u>
                            (A)   (B)   (C)

<u>crossing</u> the street.
  (D)

答案 (B) by bus 應改為 by a bus 或 by the bus

考 Documents indicate that <u>fossilized</u> remains of
                                  (A)

<u>the dinosaur</u> <u>were first</u> discovered around <u>the 1770</u>.
   (B)   (C)   (D)

答案：(D) the 1770 應改為 1770

文法
句型

例字	例句
fast 快的 fast 快地	That is a very fast train. 那是很快的火車。 The train runs very fast. 火車跑得很快。
enough 足夠的 enough 足夠地	John doesn't have enough money. 約翰沒有足夠的錢。 John is old enough to go to school. 約翰年紀夠大可以上學了。
late 晚的 late 遲地	I am sorry that I am late. 抱歉我晚了。 He usually gets up late. 他通常起得晚。
hard 硬的／困難的 hard 努力地	This is a hard work. 這是一項困難的工作。 He works hard. 他努力工作。
much 許多的 much 非常地	How much money do you have? 你有多少錢？ Thank you very much. 非常感謝你。
early 早的 early 早地	I must take the early bus. 我必須搭早班公車。 He usually gets up early. 他通常起得早。
high 高的 high 高地	The building is forty feet high. 這大樓有 40 英尺高。 The bird can fly high. 鳥能高飛。

straight 直的 straight 直接地	Draw a straight line. 劃一條直線。 He went straight home. 他直接回家。
better/more 較好／多的 better/more 比較	I have a better idea. 我有個較好的主意。 I like coffee better than tea. 比起茶，我更喜歡咖啡。
little 少的 little 少地	There is little money left. 沒什麼錢剩下。 I little think of him. 我很少想到他。
long 長的 long 長久以來	I will have a long vacation next month. 下個月我將放長假。 I have long been working for this company. 我長久以來都在為這家公司工作。
well 健康的 well 好地	My family are all well. 我的家人都很健康。 How to do the job well is my concern. 如何做好工作是我所關心的事。
only 唯一的 only 只	Practice is the only way to learn a language. 練習是學習語言唯一的方式。 He can only do his best. 他只能盡力而為。
hourly 一小時一次的 hourly 一小時一次地	This is an hourly bus. 這是一小時一班的公車。 The bus runs hourly. 這公車一小時開一班。

例字	例句
clean 乾淨的	I clean forgot to ask him about it. 我完全忘了問他這件事。 He was cleanly dressed. 他衣著整潔。 A cat is a cleanly animal. 貓是愛乾淨的動物。
just 公正的	This is just what I want. 這正是我要的。 The teacher treats students justly. 老師公平地對待所有學生。
pretty 漂亮的	Your suggestion is pretty good. 你的建議相當好。 He beats his competitor prettily. 他漂亮地打敗競爭對手。
hard 困難的	He works hard. 他努力工作。 He hardly works. 他幾乎不工作。
close 密切的	Sit close to me. 坐靠近我。 Diet is closely related to most types of cancer. 飲食和多數癌症密切地相關。
high 高的	The bird can fly high. 鳥能高飛。 The manager highly praised John. 經理高度地讚美約翰。

wide 寬的	The door is wide open. 門大開著。 The story is widely known to everyone. 這則報導廣為人所知。
direct 直接的	I will go direct to your house. 我會直接去你家。 I will go directly to your house. 我會立刻去你家。
late 晚的	He usually gets up late. 他通常起得晚。 I have not seen him lately. 我最近沒見到他。
near 接近的	He sat near me. 他坐我旁邊。 He was nearly drowned. 他差點淹死了。
short 短的	The bus stopped short. 公車突然停住了。 He will arrive shortly. 他很快會到。
deep 深的	I dug deep before I found water. 我挖得很深才找到水。 I am deeply moved by the movie. 我深深地為這部電影所感動。

NOTES

NOTES

神級英語大師 旋元佑

破解閱讀命題要領

定價600元

字源分析GRE難字

定價600元

傳說中的必學菁華，
化作文字伴你學習！

貝塔語言出版
Beta Multimedia Publishing

circ
circum
cyc
＝圓、繞行

!! 字源筆記

:) circle（圓）是由古羅馬時期圓型的戶外大型競技場circus 所衍生出來的詞；cycle 來自拉丁文 cyclus，意指「圓」、「輪子」。

循環；流通
circulation
成為 名詞化

圓周（長）
circumference
運送 名詞化

在～周圍畫線；限制
circumscribe
寫

迴路；周；環行
circuit
走

 貝塔語言出版
Beta Multimedia Publishing

國家圖書館出版品預行編目(CIP)資料

後中西醫英文考前衝刺：核心字彙&文法句型/馬芸編著.
-- 初版. -- 臺北市：波斯納出版有限公司, 2022.12
　　面：　公分
　ISBN: 978-626-96356-8-9（平裝）

　1.CST: 英語　2.CST: 詞彙　3.CST: 語法　4.CST: 句法

805.12　　　　　　　　　　　　　　　　　111017089

後中西醫英文考前衝刺：
核心字彙&文法句型

作　　者／馬希寧（馬芸）

執行編輯／朱曉瑩

出　　版／波斯納出版有限公司

地　　址／台北市 100 館前路 26 號 6 樓

電　　話／(02) 2314-2525

傳　　真／(02) 2312-3535

客服專線／(02) 2314-3535

客服信箱／btservice@betamedia.com.tw

郵撥帳號／19493777

帳戶名稱／波斯納出版有限公司

總 經 銷／時報文化出版企業股份有限公司

地　　址／桃園市龜山區萬壽路二段 351 號

電　　話／(02) 2306-6842

出版日期／2022 年 12 月初版一刷

定　　價／420 元

Ｉ Ｓ Ｂ Ｎ／978-626-96356-8-9

貝塔網址：www.betamedia.com.tw

喚醒你的英文語感 !

Get a Feel for English !

喚醒你的英文語感 !

Get a Feel for English !